KB143907

글을 몰라 깜깜했던 평생의 이야기를 세상에 내놓습니다. 차곡차곡 겹겹이 쌓였던 삶을 글로 썼더니 어떤 시인도 흉내 낼 수 없는 시가 되었습니다. 어르신들의 글에는 거추장스러움이 없습니다. 잘못 배워 가진 가식도 없습니다. 아쉬움과 고마움만이 따스하고도 가슴 시리게 전해집니다. 고통과 원망이 희망으로 바뀌는 소리에 귀 기울여주세요. 배우지 못한 어르신들의 한이 이 책으로 조금이라도 풀린다면 좋겠습니다.

- 문종석 푸른어머니학교 교장

늦은 나이에 글을 배우고 익혀 자신이 살아온 삶의 경험을 시와 산문으로 고백해내는 것, 그것은 그 자신에게 엄청난 사건이며 기적입니다. 설움과 절망, 기쁨과 행복으로 써내려간 소중한 글들을 읽으며 삶의 목적과 문해교육이 나가야 할 방향을 다시 한 번 고민합니다. 현장에 대한 성찰과 질문을 던져주신 어머님들께 축하와 감사의 마음을 전합니다.

- 김종천 제천 솔뫼학교 교장

위인의 인생 궤적은 위인전으로 남겨진다. 그러나 위인도 아니고 힘도 돈도 없는데 배움마저 모자란, '그저 그런' 인생들은 침묵 속에 갇히고 만다. 하지만 여기 마침내 자신의 인생을 기록할 수 있게 된 사람들이 있다. 글을 몰라 드러내지 못했던 심정을 서툰 글씨로 '삐뚤삐뚤' 쓰기 시작했다. 수십 년간 표현하지 못한 마음이 침묵을 뚫고 쏟아진다. 평생의 한이 녹아내린다. 답답함이 사라진다. 한 편의 글에 한 명의 생애가 담겨 있기에, 이 책에 수록된 89편의 글은 89명의 인생 기록과 다름없다. 이 책은 89명의 위인전이자 자서전이다. 여기 '그저 그런' 사람들의 인생이 있다. 그들의 진짜 이야기가 있다.

- 노명우 아주대학교 사회학과 교수

이 책의 모든 글자는 '꽃'이다. 뒤늦게 깨우쳐 터득하게 된 한 글자 한 글자는 예사 글자가 아니다. '마누라'가 아닌 '마느라'는 순진하고 아름다우며 애달프다. 읽는 내내 연필로 정성스레 눌러 쓴, 진한 삶의 향기를 느낄 수 있어 기쁘고도 촉촉했다. 그분들에게 글자는 그냥 글자가 아닌 꽃이고 새이며 초승달이셨으리. 내게 이처럼 아껴 읽은 글도 드물다. 꽃은 비로소 한 가지에 나란히 피어나 꽃가지로 벋어 꽃그늘을 바닥에 내려놓았다.

- **이상교** 아동문학가

어르신들 글은 우리가 살아가는 자연과 닮았고, 따뜻한 밥 한 숟가락 내미는 그들의 삶처럼 따스합니다. '책이란 우리 안의 꽁꽁 언 바다를 깨뜨리는 도끼가 아니면 안 되는 거야'라는 카프카의 말에 기대어 말한다면 이 책은 내 안의 언 바다를 깨는 도끼입니다. 재미있어서, 감동이어서, 가슴이 먹먹해져서, 웃고 울며 읽었습니다. 그러다 보니 '그래, 삶은 이래서 살아볼 만하구나!' 용기가 났습니다. 이 책이 바로 아름다운 도끼입니다.

- **이용훈** 서울도서관 관장

글자를 읽어내지 못한다는 건 어쩌면 삶의 커다란 귀퉁이 하나를 허물고 사는 것과 같다. 그 아픔과 설움이 한두 해도 아니고 예순, 일흔 해를 넘겼다 생각하면 가슴이 짠하다. 그러나 부끄러움 무릅쓰고 글을 배웠다. 늦은 나이에 글을 배우는 일이 녹록지 않지만 새롭게 눈이 떠지는 경이로움과 기쁨이 더 컸다. 그래서 끝내 글을 읽어낼 뿐 아니라 글을 쓰는데, 세상에! 죄다 시인이다. 때론 어느 문장 하나에서 멈춰 숨도 제대로 못 쉬었다. 문장에 담긴 삶의 매듭과 마디를 읽어내며 저절로 눈물이 났다. 그건 설움도 원망도 아닌 기쁨과 공감 그리고 화해의 눈물이다. 이 책의 유일한 단점이라면, 그런 눈물을 너무 많이 요구한다는 점이다. 힘겨운 삶을 버텨내고 그 삶과 세상을 용서하며 오히려 기뻐하고 감사하는 이분들에게 한없는 경의와 고마움을 표한다. 그렇게 고개 숙이는데 눈물이 또 흐른다. 아, 참 고약한 책이다.

- **김경집** 인문학자

보고 시픈 당신에게

일러두기

- 이 책은 한빛비즈와 (사)전국문해기초교육협의회가 주최한 공모전에 출품된 작품들을 선별해 엮었으며, 모든 작품은 저작권자로부터 사용 동의를 받았습니다.
- 책의 성격상 맞춤법과 표기는 최대한 저작물 그대로 옮겼습니다.
- 책 판매를 통해 발생하는 인세는 모든 저자의 동의를 얻어 (사)전국문해기초교육협의회로 귀속되며, 전액 문해 교육 활성화 사업에 쓰입니다. 판매 수익금의 일부도 동일 기관에 전달되어 장학 사업에 쓰입니다.

보고 시픈 당신에게

초판 1쇄 발행 2016년 10월 10일
초판 3쇄 발행 2018년 10월 15일

지은이 강광자 외 86명

펴낸이 조기흠
편집이사 이홍 / **책임편집** 최진, 송지영 / **기획편집** 박종훈, 박혜원
마케팅 정재훈, 박태규, 김선영, 이건호 / **디자인** 정인호 / **제작** 박성우, 김정우
펴낸곳 한빛비즈(주) / **주소** 서울시 서대문구 연희로2길 62 4층
전화 02-325-5506 / **팩스** 02-326-1566
등록 2008년 1월 14일 제 25100-2017-000062호

ISBN 979-11-5784-151-6 03810

이 책에 대한 의견이나 오탈자 및 잘못된 내용에 대한 수정 정보는 한빛비즈의 홈페이지나
이메일(hanbitbiz@hanbit.co.kr)로 알려주십시오. 잘못된 책은 구입하신 서점에서 교환해드립니다.
책값은 뒤표지에 표시되어 있습니다.

홈페이지 www.hanbitbiz.com / **페이스북** hanbitbiz.n.book / **블로그** blog.hanbitbiz.com

지금 하지 않으면 할 수 없는 일이 있습니다.
책으로 펴내고 싶은 아이디어나 원고를 메일(hanbitbiz@hanbit.co.kr)로 보내주세요.
한빛비즈는 여러분의 소중한 경험과 지식을 기다리고 있습니다.

늦깎이 한글학교
어르신들이 마음으로 쓴
시와 산문 89편

보고 시픈
당신에게

강광자 외 **86명**

HB 한빛비즈
Hanbit Biz, Inc.

세상에서 가장 아름답고 특별한 이야기

이 책은 예순이 훌쩍 넘어 이제 막 글을 깨우친 비문해 학습자들의 삶 그 자체입니다. 평생 글자 없는 삶을 살다 반평생의 시간이 지나고서야 처음으로 연필을 잡은 분들입니다. 글자를 익혀가는 기쁨과 재미, 새로운 세상을 바라보는 마음, 녹록지 않게 살아온 삶을 떨리는 마음으로 글자 한 자 한 자에 담았습니다.

아직도 우리나라에는 글을 모르는 비문해자들이 264만 명이나 됩니다. 60~70대 성인 여성 10명 중 5~6명이 문해교육을 필요로 합니다. 학교에 다니지 못하고 글을 몰라 얼마나 웅크린 삶을 살고 있는지 모릅니다. 일반인들은 상상조차 어려운 일입니다. 은행에 가고, 아이들을 학교에 보내고, 버스를 찾아 타는 것처럼 평범한 일들이 이분들에게는 두렵고 특별한 일입니다.

난생처음 시작한 공부가 그리 쉽지만은 않습니다. 배운 것을 금방 잊어버리고 맙니다. 받아쓰기 시간만 되면 가슴이 두근두근합니다. 도저히 못 쓰겠다고 선생님에게 오히려 떼를 쓰기도 합니다. 그렇게 글을 배운 백발의 학생들은 이제야 세상이 훤히 보인다고, 인생 최고의 봄날이 왔다고 환호성 치며 행복해합니다.

자식들 뒷바라지하던 투박한 손, 고추밭을 매던 거친 손으로 자신들의 이야기를 꾸밈없이 그리고 정성스럽게 눌러썼습니다. 시라기보다는 살아온 이야기에 가깝습니다. 배고팠던 어린 시절, 힘겨웠던 시집살이, 비문해자로 살면서 눈물을 삼켜야만 했던 시간들…. 글 모르는 어머니를 견뎌준 자식들과 갑갑한 세월을 함께해준 남편, 원망만 했던 부모님에게 이제라도 미안하고 고마운 마음을 담아 편지 한 장 써보는 게 평생소원인 분들입니다.

공부하는 시간이 세상에서 제일 행복하다고 말하는 수많은 문해 학습자들의 도전과 용기에 박수를 보냅니다. 아직도 배울 게 많은데 남은 시간이 많지 않다며 한탄하는 분들이 있습니다. 실제로 이 책을 준비하는 과정에서 글만 남기고 세상을 떠난 분의 소식을 접하기도 했습니다. 가슴이 먹먹했습니다.

이 책을 통해 문해교육에 대한 이해와 관심이 높아져 문해 학습자들이 마음껏 공부할 수 있는 세상이 만들어지면 좋겠습니다. 아직도 망설이고 있는 분들에게 문해교육에 도전하는 자극이 되었으면 좋겠습니다.

행여 글을 훼손하지 않을까 맞춤법과 표기는 가능한 한 손대지 않았습니다. 손끝에 전해지는 작은 떨림까지 그대로 담았습니다. 태어나 처음으로 그렸다는 그림도 그대로 옮겼습니다.

이 책은 천천히 마음으로 읽어 주시길 부탁드립니다.
따뜻한 차를 마시듯 찬찬히 음미하면서 읽다 보면 순수하고 깨끗한 감성에 배시시 웃음이 나기도 하고 울컥 눈물이 나기도 합니다. 불평과 불만으로 가득 찬 삶을 돌아보며 반성도 하게 됩니다. 어려운 삶을 살았지만 지금은 누구보다도 행복하게 웃고 있는 늦깎이 학생들입니다. 답답한 세상살이에 지친 분들에게 작지만 따뜻한 위로가 되기를 기대합니다.

　　마지막으로 비문해 학습자들을 깊이 이해하고 출간을 위해 애써 주신 출판사 관계자 분들에게 감사 인사를 드립니다. 고맙습니다.

(사) 전국문해기초교육협의회 대표
김인숙

● 차례

추천의 말
들어가며

1부. 내 속을 누가 아까

2부. 그 돼지는 어찌 대쓸꼬

3부. 책만 펴면 졸음 오니

4부. 내 인생에 꽃이 폈네

1부

내 속을
누가 아까

우리영감

김생영

내 속을 누가 아까

함평뱅술로 애를 매겨
속이 까마케 타부럿다
매일드리 마서도 꾯떡엄따
길까에 누어 잇쓰면
동네사람덜 끄오제 아이고
아들보고 "아버지 느그가
대불고 가그라" 하니
"엄마 영감 엄마가 대꼬사소" 합디다
미울때는 지금지금 발꼬싶퍼도
영감 자능거 보먼 불쌍해서

국수에 콩가루 너서 마라 줏다

우리 영감

김생엽 (75세, 부산광역시 부산진구)

내 속을 누가 아까
함평생 술로 애를 매겨
속이 까마케 타부럿다
매일 드리마셔도 끗떡 엄따
길까에 누어잇쓰먼
동네사람덜 끄 오제 아이고
아들 보고 "아버지 느그가 대불고 가그라" 하니
"엄마 영감 엄마가 대꼬 사소" 합디다
미울 때는 지금지금 발꼬 싶퍼도
영감 자능 거 보먼 불쌍해서
국수에 콩가루 너서 마라 줏다

꿈

김정자

내 꿈은 가수
두 번 째는 미용사
하나도 안 댓다

기양 엄마가 댓다
지금도 노래소리더르면
가섬이 벌릉거린 다

꿈

김정자 (78세, 부산광역시 부산진구)

내 꿈은 가수
두 번째는 미용사
하나도 안 댓다
기양 엄마가 댓다
지금도 노래소리 더르면
가섬이 벌릉거린다

메 모

박 옥 남

나는 회사에서
한글을 몰랐을 때
누가 전화가 와서
사장님이 박 옥 남 씨
이거 메모 좀 해 줘 하면
가슴이 두근 두근
하면서 너무 힘들었다

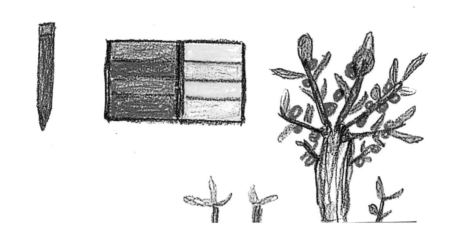

메모

박옥남 (57세, 서울특별시 관악구)

나는 회사에서
한글을 몰랐을 때
누가 전화가 와서
사장님이 박옥남 씨
이거 메모 좀 해줘 하면
가슴이 두근두근
하면서 너무 힘들었다

공부

이옥자

선생은 내보고

시운거 자꾸 쓰보라 하네

쓸라캐도 몬쓰것다

머쓰꼬

애가 터지네

아이고 답답해라

ㄱㄴㄷㄹㅁㅂㅅㅇㅈㅊㅋㅌㅍㅎ

공부

이옥자 (68세, 부산광역시 부산진구)

선생은 내 보고
시운 거 자꾸 쓰보라 하네

쓸라캐도 몬쓰것다
머쓰꼬

애가 터지네
아이고 답답해라

봄이 오면 좋아요

소금연

봄이 오니 좋아요.
봄이 오면 행복해져요
소리 없이 오는 봄
오솔길을 걷는 봄
옥상에 고추도 심었다
무공해 상치도 심고
부추도 심었다

약 안치고 먹을 수 있다
농사는 잘 지을 수 있다
그런데 공부는 못한다

봄이 오면 좋아요

소금연 (76세, 부산광역시 사상구)

봄이 오니 좋아요
봄이 오면 행복해져요
소리 없이 오는 봄
오솔길을 걷는 봄
옥상에 고추도 심었다
무공해 상치도 심고 부추도 심었다
약 안 치고 먹을 수 있다
농사는 잘 지을 수 있다
그런데 공부는 못한다

네, 네, 가요, 가

김점옥

찐득하니 날씨는 덥고 교실에 앉았지만
답답하고 한숨만 나왔다.
뭘 알아야 면장을 할 것 아녀?

청산은 나를 보고
한심하다 하겠지
책가방을 둘매치고
밭에 나가 오이나 따오자
비탈진 꼭대기로
오이 따러 갔다.

찌지리랑 찌지리랑
아, 거시기 선생님이유?
학교 나오라구유?

네, 네, 알것어라우 에휴! 했응께

선생님이 전화 ←
내일 가 봐야 쓰것쥬?

네, 네, 가요, 가

김점옥 (67세, 광주시 오포읍)

찐득하니 날씨는 덥고 교실에 앉았지만
답답하고 한숨만 나왔다.
뭘 알아야 면장을 할 것 아녀?
청산은 나를 보고 한심하다 하겠지
책가방을 들매치고 밭에 나가 오이나 따오자
비탈진 꼭대기로 오이 따러 갔다.
찌리랑 찌리랑
아, 거시기 선생님이유?
학교 나오라구유?
네, 네, 알것어라우 에휴!
선생님이 전화했응께
내일 가봐야 쓰것쮸?

배우니좋다

조숙자

친구 보고
니도글 배우로
가자니까
이 나이에 글 배아
어데 씨물라꼬 니나 가라 한다
참 답답네

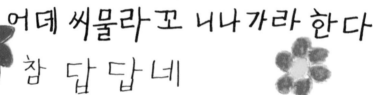

자는 절에는 잘다니더만
부처님 법문은 어찌 일그꼬
아마 입으로만 중얼중얼
할 끼다

배우니 좋다

조숙자 (76세, 부산광역시 부산진구)

친구 보고
니도 글 배우로
가자니까
이 나이에 글 배아
어데 씨물라꼬 니나 가라 한다
참 답답네
자는 절에는 잘 다니더만
부처님 법문은 어찌 일그꼬
아마 입으로만 중얼중얼
할끼다

엄마에 기도　김귀순

고사상에　비럿서요

실영님요　서른 일곱 우리아들

어한석이 장가 가게 해주소

잘난 색시 보다 어째등가

우리 아들　밥　잘 먹이는

색시 만나 짝 맺게 해주소
내는　게안으니까
저거 둘이만　잘살면 됩니다
만원 언지고　빌었다

엄마에 기도

김귀순 (70세, 부산광역시 부산진구)

고사상에 비럿서요
실영님요 서른 일곱 우리 아들
이한석이 장가가게 해주소
잘난 색시보다 어짜등가
우리 아들 밥 잘 먹이는
색시 만나 짝 맺게 해주소
내는 게안으니까
저거 둘이만 잘 살면 됩니다
만 원 언지고 빌었다

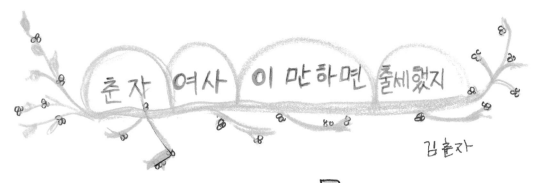

춘자 여사 이 만하면 출세했지

김춘자

가에다 'ㄱ' 하면 각 하고
나 에다 'ㄹ' 하면 날 하고
다 에다 'ㄹ' 하면 닭 하고
이 놈의 받침 땜에 못살 것다

ㄱ ㄴ ㄷ
ㄹ ㅁ ㅂ

김춘자
① 100점
②
③
④

오번 받아쓰기 ㄸ대는
꼭 100점 받아야지
속으로 다짐해 보지만
ㄲ 놈에 받침 ㄸ땜뮤에 산통났네

에고 에고 못살 겠네
아무 한테 말 못하고 속만 끓이네
100점 받은 짝 꿍에게
곁 눈 질에 눈 꼬리 만 길어 지네

버스타고 ㄸ딸네 가고
은 행에서 돈도 찾고
마트 가서 거스름 돈도 척척
그래도 이게 어디냐
춘자 여사 이만하면 출세 했지

춘자 여사 이만하면 출세했지

김춘자 (69세, 부천시 원미구)

●

가 에다 'ㄱ' 하면 각 하고
나 에다 'ㄹ' 하면 날 하고
다 에다 'ㄺ'하면 닭 하고
이놈의 받침 땜에 못 살것다

요번 받아쓰기 때는
꼭 100점 받아야지
속으로 다짐해 보지만
고놈에 받침 때문에 산통났네

에고 에고 못 살겠네
아무한테 말 못하고 속만 끓이네
100점 받은 짝꿍에게
곁눈질에 눈꼬리만 길어지네

버스 타고 딸네 가고
은행에서 돈도 찾고
마트 가서 거스름돈도 척척
그래도 이게 어디냐
춘자 여사 이만하면 출세했지

글이 삐뚤 삐뚤

김시자

6연 전 부터 몸이   아 파 요
백병 원에서 파키스병이라고 함 이다
또 땀이 비오 더시 헐러 내림 니 다
옷 두 벌 새 벽식 배림 니 다
온 몸이 떨림 니 다
그래서 글이

　　　　삐둘 삐둘 함 니 다

부끄럽지   안아요
잘못한 기 업서요

글이 삐뚤삐뚤

김시자 (69세, 부산광역시 부산진구)

6연 전부터 몸이 아파요
백병원에서 파키스병이라고 함이다
땀이 비오더시 헐러내립니다
옷 두 벌 새 벌식 배립니다
온 몸이 떨림니다
그래서 글이
삐둘삐둘함니다

부끄럽지 안아요
잘몬한 기 업서요

공 부

임 태 기

나 간 다.
나 가지 말라 해도 나간다.
붙어 두고 돌아서면 또 나가고 없다.
나가지 못하게
달래 보고 사정해 봐도
하루 지나고 나면 나가고 없다.

붙여둘 시기가 지나선가?
싫다고 나가는 것을
잡아서라도 붙여야 한다.

차곡차곡 붙다 보면
많이많이 쌓이겠지
훗날 꺼내 써야 되는데.....
　　　　　내 머리야

공부

임태기 (72세, 서울특별시 영등포구)

나간다.
나가지 말라 해도 나간다.
넣어 두고 돌아서면 또 나가고 없다.
나가지 못하게 달래보고 사정해봐도
하루 지나고 나면 나가고 없다.
넣어 둘 시기가 지나선가?
싫다고 나가는 것을
잡아서라도 넣어야 한다.
차곡차곡 넣다 보면
많이많이 쌓이겠지.
훗날 꺼내 써야 되는데…
내 머리야

한 자도 생각이 안 나요

이옥순

칠십이 넘어서 해 보는 공부
못 읽던 책 간신히 읽고
못 쓰던 글 간신히 써도
배우니 재미다.

꼬불꼬불 영어에
삐뚤삐뚤 흉내만 내는 한자 공부
아무리 열심히 해도
한 자도 생각이 안 나요

엄마 위해 수북이 사다 놓은 책
공부한다고 관심 가져주는
우리 막내딸이 고맙다

이제라도
답답한 맘 풀 수 있으니
죽을 때까지 해봐야지

한 자도 생각이 안 나요

이옥순 (75세, 보은군 보은읍)

칠십이 넘어서 해보는 공부
못 읽던 책 간신히 읽고
못 쓰던 글 간신히 써도
배우니 재미다.
꼬불꼬불 영어에
삐뚤삐뚤 흉내만 내는 한자 공부
아무리 열심히 해도
한 자도 생각이 안 나요
엄마 위해 수북이 사다놓은 책
공부한다고 관심 가져주는
우리 막내딸이 고맙다
이제라도 답답한 맘 풀 수 있으니
죽을 때까지 해봐야지

콩 국 수

김순업

콩을 삶았다
콩껍질을 벗겨서
믹서기에 갈았다
국수를 삶 았는데 불었다

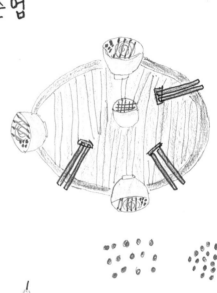

남 편은
콩국수를 다 먹을 때까지
잔 소리를 했다
국수가 불었다고·····

나는 다시는 콩국수를
안 한다고 말했다
남편은
자신이 국수를
삶겠다고 고집을 부렸다

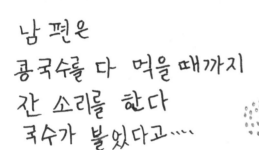

콩국수

김순엽 (74세, 성남시 수정구)

콩을 삶았다
콩 껍질을 벗겨서
믹서기에 갈았다
국수를 삶았는데 불었다
남편은
콩국수를 다 먹을 때까지
잔소리를 한다
국수가 불었다고…
나는 다시는 콩국수를
안 한다고 말했다
남편은 자신이 국수를
삶겠다고 고집을 부렸다

걱정이 끝이 없다

이정자

젊어서는 자식걱정
늙어서는 남편걱정

지금은 어떻게 더 배울까
공부 걱정

내인생은 무엇입니까
걱정은 끝이 없구나

걱정이 끝이 없다

이청자 (74세, 부산광역시 남구)

젊어서는 자식 걱정
늙어서는 남편 걱정

지금은 어떻게 더 배울까
공부 걱정

내 인생은 무엇입니까
걱정은 끝이 없구나

숙제는 싫어

전영순

학교에서 돌아오면
저녁을 먹고
책상 앞에 앉아
연필을 들지만

하품이 난다.
하품이 또 나더니
눈물도 난다.
이제 콧물도 나온다.

숙제 하기도 싫어
선생님
숙제 좀 줄여주세요.

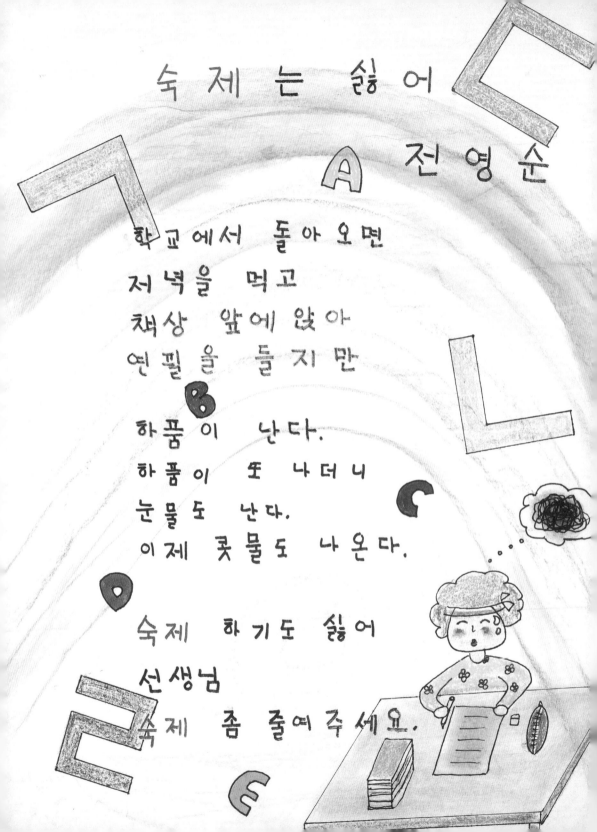

숙제는 싫어

전영순 (70세, 성남시 수정구)

학교에서 돌아오면
저녁을 먹고
책상 앞에 앉아
연필을 들지만

하품이 난다.
하품이 또 나더니
눈물도 난다.
이제 콧물도 나온다.

숙제하기도 싫어
선생님
숙제 좀 줄여주세요.

가 족 생 각

김금섬

팥죽을 끓여 먹으니
마음이 슬퍼졌다.
하늘나라에 계신 아버지가
팥죽을 좋아 하셨다.

늙은 오이를 보니
사고 싶어졌다.
늙은 오이 무쳐서 밥을 먹고 나니
아들 생각이 났다.
아들은 늙은 오이 무친 것을 좋아해서

오늘 잡채가 먹고 싶어
고명을 사서 잡채를 해서 먹고 나니
딸 생각이 났다.

가족 생각

김금섬 (76세, 서울특별시 영등포구)

팥죽을 끓여 먹으니 마음이 슬퍼졌다.
하늘나라에 계신 아버지가
팥죽을 좋아하셨다.

늙은 오이를 보니 사고 싶어졌다.
늙은 오이 무쳐서 밥을 먹고 나니
아들 생각이 났다.
아들은 늙은 오이 무친 것을 좋아해서

오늘 잡채가 먹고 싶어
고명을 사서 잡채를 해서 먹고 나니
딸 생각이 났다.

나 의 꿈

신현순

나의 꿈은 많았다
그렇지만 나의 꿈은 다 이루어졌다
우리 아들 딸 오남매 잘 커주어서
시집보내고 장가보내고
우리 아들 딸이 다 잘 살고 있다
그것이 나의 소원, 꿈이었다
나의 꿈은 다 이루어졌다

나는 공부만 잘하면 된다
열심히 남부교육센터에 다니면서
공부 열심히 할 것이다
공부 잘 하는 게 내 꿈이 다

우리 아저씨가 조금만 더 살았으면
좋았을 텐데 그만 가셨다
살았으면 내가
편지라도 했잖아

나의 꿈

신현순 (75세, 서울특별시 관악구)

나의 꿈은 많았다
그렇지만 나의 꿈은 다 이루어졌다
우리 아들딸 오 남매 잘 커주어서 시집보내고 장가보내고
우리 아들딸이 다 잘 살고 있다
그것이 나의 소원, 꿈이었다
나의 꿈은 다 이루어졌다
나는 공부만 잘하면 된다
열심히 남부교육센터에 다니면서 공부 열심히 할 것이다
공부 잘하는 게 내 꿈이다
우리 아저씨가 조금만 더 살았으면
좋았을 텐데 그만 가셨다
살았으면 내가 편지라도 했잖아

관광을갔다

이순희

나는 어제 친구하고

소백산 청룡동굴 갔다

그런데 아리랑 호텔앞에

수박을 놓고 갔다

아이고 아까 워라

돈이 사만원 인데

관광을 갔다

이순희 (64세, 창원시 마산회원구)

나는 어제 친구하고
소백산 청록동굴 갔다
그런데 아리랑 호텔 앞에
수박을 놓고 갔다
아이고 아까워라
돈이 사만 원인데

좋은 공부

차영남

저는 사상구 삽니다
제가요 공부로 하고보니

부산시내가 다 보이는 것 가타요
앉자도 공부 누도 공부
우리 반 공부 다 잘 해요

얼마나 좋은 줄 몰나요
이 글 쓴다고 삼일 걸었 서요

좋은 공부

차영남 (68세, 부산광역시 사상구)

저는 사상구 삽니다
제가요 공부로 하고 보니
부산 시내가 다 보이는 것 가타요
앉자도 공부 누도 공부
우리 반 공부 다 잘해요
얼마나 좋은 줄 몰나요
이 글 쓴다고 삼일 걸였서요

잊을 수 없는 지난 날

권양자 (75세, 부산광역시 사상구)

　내가 어렸을 때 어머니가 늦둥이 동생을
낳았다 어머니는 젖이 나오지 않아 늦둥이
에게 밥물을 받아 먹여야 했다 어머니
가 들에 일하러 가시면 나는 밥물을
받아서 젖병에 넣어서 먹이곤 했다
　그때 내나이 열한 살 학교는 가지도 못
하고 어린 동생을 돌보며 살아야 했다

동생은 무럭무럭 잘 커 주었고 내 나이 열여섯 살 때 나는 부산에 있는 직물공장에 들어가서 기술을 배웠다 글도 몰라 힘들고 눈치를 많이 봐야 했으나 그래도 열심히 성실하게 일하니 인정은 받았다 그때 하숙을 하던 주인집 대학생 아들이 나를 좋아 해서 나에게 편지를 여러 통 보냈지만 난 답을 할 수가 없었다 어깨너머로 배워 글자를 조금 읽기는 했으나 전혀 쓰지를 못 해서 누구에게도 말 못하고 정말 가슴이 답답했었다

답장을 기다려도 답이 없으니 그 사람은 내가 보이면 대문 밖까지 따라와서 "미스 권 말 좀 해보아요 왜 답장이 없어요 내가 맘에 안 들어서 그래요 오늘 극장 구경이라도 갑시다" 하며 내 손을 잡

아 땅겨 끌었지만 난 무조건 갈 수 없다는 말만 하고 그를 피해야 했다 돌아서서 눈물을 흘려야 했고 글자를 몰라서 그런다고 말 할 수도 없고 그는 내가 자기를 싫어한다고 그렇게 끝이 났지만 그 사람 이름 난 지금도 기억을 하고 그때를 생각하면 가슴 아프고 눈물이 난다 지금은 아들딸 결혼시켜 손자손녀가 여러 명이 있어도 난 그때의 감정을 잊을 수가 없다 지금은 글자를 다 배워 구구절절 편지를 쓸 수도 있으니 그때의 그 마음을 지금이라도 전하고 싶다

남편 사는 나라

옥춘자 (72세, 제천시 청전동)

당신은 하늘 나라 왔지요.

당신 하늘 집이 큰 집이라고 생각 해요.

당신이 하늘나라 갈때 하얀 손수건을

양복 주머니에서 한장 꺼내 내손에

주었어요. 눈물이 너무 많이 흐르면 머리

아프다고 하신 말씀 귀에 울리 네요.

그 손수건에 까만 글씨로 편지 써서 산소
옆에 달았어요. 아침 텔레비전 뉴스에
남편과 만날 때 노란 손수건 달았다고 했어요.

우리도 꼭 하늘 나라에서 하얀 손수건으로
만나요.

보낼 수 없는 편지

김영자 (77세, 부천시 고강본동)

　여보 당신과 헤어진 것이 어제 같은데
세월이 참 많이 흘렀네요.
당신이 계시는 그 곳에서는 잘 지내시
는 지요?
오늘따라 당신이 보고 싶어서 붙일수
없는 편지를 써 봅니다.

우리 두 사람 너무 어린 나이에 만나
아무것도 가진 없이 서울로 왔지요.
그 세월은 생각하고 싶지 않아요.
죽지 못해 살았지요 당신 그렇게 고생
만 하다가 가신 당신 미안해요.
지켜주지 못해서……

그렇게 빨리 가실 줄 알았더라면 좀
더 잘해 줄것을 하고 마음속으로 후회
도 많이 했답니다
나는 당신을 만났지요 차 못 타는 나
데리고 걸어서 이십리도 가고 삼십리도

가면서 전국 일주 하자고 약속해 놓고
가신 당신 원망도 했지요.
그런 나는 지금 이곳에서 잘 살고있답니다.
그리고 우리 뒤를 이어갈 우리 자식 나남매도
너무 너무 잘 살고 있답니다.
다행이지요 잘 살고 있는 자식들을 바라보고
있으면 세상 부러울 것이 없습니다.
잘 살기도 하지만 남매간에 우애도 좋아요.
당신이 앞에서 함께 바라봐 주고 있다면 정말
더 좋을텐데
나 당신께 자랑하고 싶은 것이 있어요.

복지회관에서 여러 가지 배우고 있어요.
장구, 노래, 춤, 그리고. 한글 다 좋지만 한글은
정말 배우 싶었어요 젊었을 때는 살기 바
빠서 생각도 못 했는데 늦었지만 글 배우고
있어요 그리고 친구도 많답니다.
옛날에 당신이 밤 새워 책을 읽으면 나는
당신을 싫어했지요.

그러나 지금은 아닙니다 글을 배우고 보니
책도 보게 되고 책을 읽으니 좋은 말도
많고 배울 것이 많았어요.
여보 미안해요. 내가 빨리 글을 알았더라면
당신 이해하고 좋은 안내 좋은 친구가 되어

줄 수 있었을 것을

어느 책을 읽다보니 후회없이 삶을 산 사람
은 마지막 가는 길이 편안하다. 라는 글
이 있더군요.

얼마나 더 살지는 모르지만 후회 없이
살 다가 편안한 마음으로 당신 곁으로 갈
게요.

우리 만나서 그동안 못 다한 이야기 많이
해요.

나 많이 변했어요. 그래도 꼭 알아 봐
주세요.

2016. 7.
당신의 아내 영자

2부

그 돼지는
어찌 대쓸꼬

새끼 돼지　　　김석점

여들살 따내 친구하고 놀다오니
이웃집 돼지새끼가
주딩이로 도가지　뚜까리로
훌타 먹다가 우리 젓단지로 깼다
부지깽이로 궁디럴
팍 따대릿드만 다리를 쭉 뻐덧다
아지매가 질질 끌고 가는걸
숨어서 보앗다
그돼지는 어찌 대쓸꼬

새끼 돼지

김석점 (62세, 부산광역시 부산진구)

여들 살 때 친구하고 놀다 오니
이웃집 돼지새끼가
주딩이로 도가지 뚜까리로
홀타 먹다가 우리 젓단지로 깻다
부지깽이로 궁디럴
팍 때릿드만 다리를 쭉 뻐덧다
아지매가 질질 끌고 가는 걸
숨어서 보앗다
그 돼지는 어찌 대쓸꼬

< 겁안나는 세상 > 김숙자

어디를 가도
누구를 만나도
오래 머물지 못했다
조금만 시간이 지나도
마음의 소리가 들려왔다
어서 헤어져 -
우물쭈물 하지말고
그랬다
내 무식이 알려 질까 봐

속으로 벌벌 떨었다
그럴 때마다 빨리 공부를 하고 싶었다
요즘은 세상이 환하다
어디를 가든
누구를 만나든
겁이 안난다

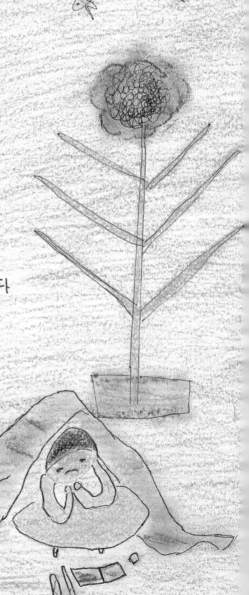

겁 안 나는 세상

김숙자 (67세, 성남시 중원구)

어디를 가도 누구를 만나도
오래 머물지 못했다
조금만 시간이 지나도
마음의 소리가 들려왔다
어서 헤어져 우물쭈물 하지 말고
그랬다
내 무식이 알려질까 봐
속으로 벌벌 떨었다
그럴 때마다 빨리 공부를 하고 싶었다
요즘은 세상이 환하다
어디를 가든
누구를 만나든
겁이 안 난다

꿈

천 청 자

지나간 세월
누워서 눈을 감으면
가난했던 시절 일제시대

밭에 나가면 먹을 게 있을까? 옥수수
논뚝에 가면 있을까? 메뚜기.
산에 가면 있을까? 진달래꽃

바다로 가면 조개
찾으러 다니던 시절

어느새 내 나이 80세월
손주 녀석들에게
무엇을 가르쳐 줄 거나

꿈

천청자 (75세, 서울특별시 관악구)

지나간 세월
누워서 눈을 감으면
가난했던 시절 일제시대

밭에 나가면 먹을 게 있을까? 옥수수
논뚝에 가면 있을까? 메뚜기
산에 가면 있을까? 진달래꽃

바다로 가면 조개
찾으러 다니던 시절

어느새 내 나이 80세월
손주 녀석들에게
무엇을 가르쳐 줄 거나

《 계획서 》

김명자

처음으로 씨 본다
내이름 석자 또박 또박
내 전화번호도 또렷 또렷
내 사인도 휘리릭

옛날 같았으면 벌렁 벌렁
가슴에 뛰놀았을 텐데
학교다니기를 잘 했어

자존심아, 비켜라
창피함도 물렀거라
공부와 재계약 할거다

계약서

김명자 (48세, 성남시 중원구)

처음으로 써본다
내 이름 석 자 또박또박
내 전화번호도 또렷또렷
내 사인도 휘리릭

옛날 같았으면 벌렁벌렁
가슴에 뛰놀았을 텐데
학교 다니기를 잘했어

자존심아, 비켜라
창피함도 물렀거라
공부와 재계약 할 거다

사랑하는 엄마

권영순

엄마가 돌아 가신지
몇달이 지났는 데
엄마가 많이 생각이 난다

엄마가 살아계 셨을때
늘 자식들을 위해 챙겨주시고
돌아 가실때 쓸 돈까지
자식들에게 부담이 안되게
수의을 미리 사두실 정도로
엄마는 자신을 취해 쓴적이 없고

항상 자식만 생각하고 희생만 하셨다
엄마를 보낸 요즘
무슨 일을 하다가도
엄마가 생각이 난다
엄마가 살아 계실때
잘 못 해드린게 후회스럽다

보고 싶고
만져 보고 싶고
이야기 나누고 싶은 그리운 엄마
엄마, 사랑 해요

사랑하는 엄마

권영순 (56세, 청주시 흥덕구)

엄마 돌아가신 지 몇 달이 지났는데
엄마가 많이 생각이 난다
엄마 살아계셨을 때 늘 자식들을 위해 챙겨주시고
돌아가실 때 쓸 돈까지 자식들에게 부담이 안 되게
수의를 미리 사두실 정도로
엄마는 자신을 위해 쓴 적이 없고
항상 자식만 생각하고 희생만 하셨다
엄마를 보낸 요즘 무슨 일을 하다가도
엄마가 생각이 난다
엄마가 살아계실 때 잘 못 해드린 게 후회스럽다
보고 싶고 만져 보고 싶고
이야기 나누고 싶은 그리운 엄마
엄마, 사랑해요

밥 맛

조숙자

여름반찬 별거 있나요
댄장 한수가락 푹뜨다가
뚝바리에 담고
고치한개 뚝 뿌지러 여코
부뚝부뚝 끌여서
열무김치에
꼬이장 한수가락 여코
석석 비벼 무모 맛잇서요

밥맛

조숙자 (76세, 부산광역시 부산진구)

여름 반찬 별 거 있나요
댄장 한 수가락 푹 뜨다가
뚝바리에 담고
고치 한 개 뚝 뿌지러 여코
부뚝부뚝 끌여서
열무김치에
꼬이장 한 수까락 여코
석석 비벼 무모 맛잇서요

꽃이 피었네

김필례

늙은 농부가 되어
밭에 글자 나무를 심었네
물을 주고 거름을 주고
힘이 들어 쉬엄쉬엄 돌보니
더디게도 자라네

힘든데 쓸데없는 짓이라며
말릴 때마다 눈물이 날지
정성을 들여도 자라지 않는 나무
확 뽑아 버릴까보다
오만가지 생각이 다났지

보름만 더 기다려 보자
한달만 더 참아보자
지도 양심이 있으면 자라겠지
한숨 쉬다 1년이 가고
오기 부리다 또 반년이 갔지

저도 양심이 있는지
자만 바라보는 내가 불쌍도 했는지
작은 나무에 수줍게 꽃이 파였네
어느새 벌 나비가 찾아오고
내 글자나무에 수줍은 각시 꽃이 피었네

꽃이 피었네

김필례 (75세, 부천시 원미구)

●

늙은 농부가 되어
밭에 글자 나무를 심었네
물을 주고 거름을 주고
함이 들어 쉬엄쉬엄 돌보니
더디게도 자라네

힘든데 쓸데없는 짓이라며
말릴 때마다 눈물이 날지

．．

정성을 들여도 자라지 않는 나무
확 뽑아버릴까 보다
오만가지 생각이 다 났지

보름만 더 기다려보자
한 달만 더 참아보자
지도 양심이 있으면 자라겠지
한숨 쉬다 1년이 가고
오기 부리다 또 반년이 갔지

저도 양심이 있는지
자만 바라보는 내가 불쌍도 했는지
작은 나무에 수줍게 꽃이 피였네
어느새 벌 나비가 찾아오고
내 글자나무에
수줍은 각시 꽃이 피였네

늦게 이룬 내 소원

박경자

8살에 입학통지서가 나와
나는 너무 좋아했다
몸이 많이 아픈 어머니 대신
셋째 언니가 나를 데리고
입학식 가는 것도 행복했다.

어머니는 병환으로 돌아가시고
아버지는 매일 술만 드시고
학교에 월사금 낼 돈이 없어서
책 보따리만 들었다 놨다 하다가
학교를 포기할 수 밖에 없었다.

아이 낳고 출생신고를 하러 간 날
나는 죄도 짓지 않았는데
손도 떨리고 얼굴은 빨개지고 말도 못했다
다행히 친절한 직원이 나를 도와줬지만
너무 고맙고 창피해서 눈물이 났다

내 나이 50이 넘어서야 공부를 시작했다.
내가 한글을 한 자 한 자 배우면서
얼마나 즐겁고 좋은지 모른다
나는 책도 한 번 써 보고 싶다
우리 가족에게 자랑도 하고 싶다

늦게 이룬 내 소원

박경자 (61세, 안양시 만안구)

8살에 입학통지서가 나와
나는 너무 좋아했다
몸이 많이 아픈 어머니 대신
셋째 언니가 나를 데리고
입학식 가는 것도 행복했다

어머니는 병환으로 돌아가시고
아버지는 매일 술만 드시고
학교에 월사금 낼 돈이 없어서

책 보따리만 들었다 놨다 하다가
학교를 포기할 수밖에 없었다

아이 낳고 출생신고를 하러 간 날
나는 죄도 짓지 않았는데
손도 떨리고 얼굴은 빨개지고 말도 못했다
다행히 친절한 직원이 나를 도와줬지만
너무 고맙고 창피해서 눈물이 났다

내 나이 50이 넘어서야 공부를 시작했다
내가 한글을 한 자 한 자 배우면서
얼마나 즐겁고 좋은지 모른다
나는 책도 한 번 써 보고 싶다
우리 가족에게 자랑도 하고 싶다

내 인생

김정순

나는 시골서 결혼해서 고향에서 3년 살았다
애들은 아버지가 시골보다 낫다고 해서
서울로 오라고 했다
와서 한 게 없어서 노동을 해서 먹고 살았다

고생 엄청하고 몬도 없어서
땅을 파서 줘어다 먹고 힘들게 살았다
장사도 하고 연탄 과일 장사도 하고 살다보니
재개발 되는 바람에 13동으로 위려왔다
노동만 하고 아들도 빼고 딸도 돈 벌고 잘 벌고 해서
지금은 내가 주장해서 잘 살고 있지요
난 부모복도 없고 형제 복도 없고 해서
내가 스스로 고생하면서 살았다

시대가 좋아서 공부할 데가 있고요

내 인생

故 **김정순** (71세, 서울특별시 관악구)

나는 시골서 결혼해서 고향에서 3년 살았다
애들 큰아버지가 시골보다 낫다고 해서
서울로 오라고 했다
와서 한 게 없어서 노동을 해서 먹고 살았다
고생 엄청 하고 물도 없어서
땅을 파서 길어다 먹고 힘들게 살았다
장사도 하고 연탄 과일 장사도 하고 살다 보니
재개발되는 바람에 13동으로 내려왔다
노동일 하고 아들도 벌고 딸도 돈 벌고 잘 벌고 해서
지금은 내가 주장해서 잘 살고 있지요
난 부모 복도 없고 형제 복도 없고 해서
내가 스스로 고생하면서 살았다
시대가 좋아서 공부할 데가 있고요

사십년 슬픈고독

나는 사십년전에 신랑을 하늘나라로 보내고 나 홀로 삼남매를 길러내는
가장이 되고보니 세월이 가는지도 모르고 천지를 헤매다보니 어느새
내나이 71세가되고 이제와서 내모습을보니 어느새 내머리는 하얀
백발이 되고 허리는 지난세월보다 더 많이굽어 있고 내자신이 너무나
허무해서 세월을 원망하면서 내자신이 너무슬펐서 생각과 고민을
하면서 하염없이 조깅을 하는중 개천에서는 철벅철벅 이상한소리가들려서
개천을 유심히 쳐다보니 큰 물고기가 두마리서 사랑을 하고있고 그걸본 내마음이
너무슬펐다 그래서 나는고민과 생각을 해보니 내인생은 물고기보다 모한인생이
구나 하면서 내마음을 스스로 달래면서 내인생은 내가사랑을 해야지 하고
마음을 달래면서 정처없이 하염없이 내안경을 적시면서 내마음을 안정시키면서
그래 이제라도 내가 평생소원이였던 공부를 하자 하자 하고 마음고쳐
먹고 공부를 하기로 했다 비록 내인생은 물고기보다는 못한 인생이지만
이제라도 열심히 공부를 하기로 결심하고 내나이 71세 입학을 했다.
공부를하니 너무나 행복하다 선생임 너무 너무 감사 합니다.

정진임

사십 년 슬픈 고독

정진임 (71세, 서울특별시 노원구)

●

나는 사십 년 전에 신랑을 하늘나라로 보내고
나 홀로 삼남매를 길러내는 가장이 되고 보니
세월이 가는지도 모르고 천지를 헤매다 보니
어느새 내 나이 71세가 되고 이제 와서 내 모습을
보니 어느새 내 머리는 하얀 백발이 되고
허리는 지난 세월보다 더 많이 굽어 있고
내 자신이 너무나 허무해서 세월을 원망하면서
내 자신이 너무 슬펐서 생각과 고민을 하면서
하염없이 조깅을 하는 중

개천에서는 철벅철벅 이상한 소리가 들려서
개천을 유심히 쳐다보니 큰 물고기가 두 마리서
사랑을 하고 있고 그걸 본 내 마음이 너무 슬펐다
그래서 나는 고민과 생각을 해보니
내 인생은 물고기보다 모한 인생이구나 하면서
내 마음을 스스로 달래면서
내 인생은 내가 사랑을 해야지 하고 마음을 달래면서
정처 없이 하염없이 내 안경을 적시면서
내 마음을 안정시키면서

그래 이제라도 내가 평생 소원이었던 공부를
하자 하자 하고 마음 고쳐먹고
공부를 하기로 했다 비록 내 인생은
물고기보다는 못한 인생이지만
이제라도 열심히 공부를 하기로 결심하고
내 나이 71세 입학을 했다.
공부를 하니 너무나 행복하다
선생임 너무 너무 감사합니다.

정진임

보릿고개

허미자

어린 시절 모두가 배고팠지
흉년들면 더욱 더 배고팠지
보리농사 짓고 보리방아 찧고
덜익은 보리 꺾어다가 가마솥에
쪄서 말리고 절구통에 찧어서
키에다 까불리면 파란 보리쌀 되고
보리덩기 개떡을 만들어 배를 채우던
보릿고개 배고픈 시절 다 지나가고
이제는 옛 추억이 되었다네

보릿고개

허미자 (67세, 부산광역시 사상구)

어린 시절 모두가 배고팠지
흉년 들면 더욱더 배고팠지
보리농사 짓고 보리방아 찧고
덜 익은 보리 꺾어다가 가마솥에
쪄서 말리고 절구통에 찧어서
키에다 까불리면 파란 보리쌀 되고
보리덩기 개떡을 만들어 배을 채우던
보릿고개 배고픈 시절 다 지나가고
이제는 옛 추억이 되었다네

보고 싶은 어머님
선은주

보고싶은 나의 어머님 돌아가신지가
벌써 13년이란 세월이 흘러갔습니다

한번씩 보고싶을때 말로는 할수가없지요
딸집이라 오시면은 보통으로 쉬었다가

가시고 그랬습니다   어머님의 얼굴을
볼때마다 눈물 방울이 맺쳐있고 예사로만

생각 했지요   막상 내가 혼자되고보니 외롭고

쓸쓸 하고 슬플 때도 많습니다 우리어머님은

얼마나 외롭고 슬펐을까   어머님 저세상의

극락 세계 가셔서   편히 쉬세요

보고싶은 나의
어머님

보고 싶은 어머님

선은주 (84세, 부산광역시 사상구)

보고 싶은 나의 어머님 돌아가신 지가
벌써 13년이란 세월이 흘러갔습니다
한 번씩 보고 싶을 때 말로는 할 수가 없지요
딸 집이라 오시면은 보통으로 쉬었다가
가시고 그랬습니다 어머님의 얼굴을
볼 때마다 눈물방울이 맺쳐있고 예사로만
생각했지요 막상 내가 혼자되고 보니 외롭고
쓸쓸하고 슬플 때도 많습니다 우리 어머님은
얼마나 외롭고 슬펐을까 어머님 저 세상의
극락세계 가셔서 편히 쉬세요

언니 마음

서말순

열한살때
언니는 밤마다 실그머니 나갔다
알끄보니 마을 해괌에 글 배우러 다니더라
나도 가끄 시펐다
언니 나좀 대꼬가라 하니
밤에는 늑대가 나온다며
언니는 나를 띠 놓고 갔다
언니 그때 나좀 데꼬가지 하니
언니가 웃는다
지금이라도 글 배우니 질겁다

언니 마음

서말순 (72세, 부산광역시 부산진구)

열한 살 때
언니는 밤마다 실그머니 나갔다
알고 보니 마을 해관에 글 배우러 다니더라
나도 가고 시펐다
언니 나 좀 대꼬가라 하니
밤에는 늑대가 나온다며
언니는 나를 띠 놓고 갔다
언니 그때 나 좀 데꼬가지 하니
언니가 웃는다
지금이라도 글 배우니 질겁다

내가 찍는 도장

박 말 임

단 칸 방에서 시작한 결혼 생활.
아들 둘이 무럭무럭 자라는 것이
재산 늘어나는 것보다 행복했다.

아이들 어릴 적
성적표를 받아와도

볼 줄도
어디에 도장을 찍을 줄도 몰라

남편 도장을
성적표와 함께 들려 보냈다

만약
그 때가 지금이었다면

잘했다 머리 쓰다듬어주고
도장도 진하게 찍어 보냈을 텐데

이젠 나도
내 이름이 박힌 도장으로
모든 일을 할 수 있게 되었다

내가 찍는 도장

박말임 (70세, 서울특별시 영등포구)

단칸방에서 시작한 결혼 생활.
아들 둘이 무럭무럭 자라는 것이
재산 늘어나는 것보다 행복했다.
아이들 어릴 적 성적표를 받아와도
볼 줄도 어디에 도장을 찍을 줄도 몰라
남편 도장을 성적표와 함께 들려 보냈다
만약 그때가 지금이었다면
잘했다 머리 쓰다듬어주고
도장도 진하게 찍어 보냈을 텐데
이젠 나도
내 이름이 박힌 도장으로
모든 일을 할 수 있게 되었다

나도 공부하는 학생이다

하채영

죽을 동 살 동 일을 해도
퍼지지 않는 살림살이
아침마다 학교 가는
옆집 순덕이 숨어서 보며 살았다.

동생업고 교실 밖 창문 너머로
순덕이 얼굴 선생님 얼굴 몰래 훔쳐보고
돌아오는 길에
애꿎은 동생 엉덩이만 꼬집었다.
우는 동생 엉덩이를 더 때려주고
언제나 눈물 찔끔

교실 안에서 공부하는 나
이제 구경꾼이 아니라 학생이다.
어릴 적 순덕이 처럼
나도 공부하는 학생이다.

나도 공부하는 학생이다

하채영 (75세, 부천시 원미구)

죽을 뚱 살 뚱 일을 해도 펴지지 않는 살림살이
아침마다 학교 가는 옆집 순덕이 숨어서 보며 살았다.

동생 업고 교실 밖 창문 너머로
순덕이 얼굴 선생님 얼굴 몰래 훔쳐보고
돌아오는 길에 애꿎은 동생 엉덩이만 꼬집었다.
우는 동생 엉덩이를 더 때려주고 언제나 눈물 찔끔

교실 안에서 공부하는 나
이제 구경꾼이 아니라 학생이다.
어릴 적 순덕이처럼
나도 공부하는 학생이다.

꿈의 수레바퀴

강동자

어릴 적 꾸었던
내 꿈을 실은 수레는
더 이상 구르지 못하고
녹슬어 멈춰있다.
소월의 시를 읽으며
문학소녀의 꿈도
목욕탕 주인이 되고 싶던
푸른 청춘의 시절도
바람처럼 사라지고
결혼이란 험난한 길 위에서
오르막 길 내리막길
달리고 달려온
또 하나의 꿈의 수레
함께 했던 아이들만이
꿈을 향해 떠나가고
어느 듯 백발이 되어 있는 나
어느 골짜기에서 녹쓸어
멈춰 있는 내 꿈의 수레를
다시 타고 달려보고 싶다.

꿈의 수레바퀴

강동자 (71세, 부산광역시 사상구)

어릴 적 꾸었던 내 꿈을 실은 수레는
더 이상 구르지 못하고 녹슬어 멈춰 있다.
소월의 시를 읽으며
문학소녀의 꿈도
목욕탕 주인이 되고 싶던 푸른 청춘의 시절도
바람처럼 사라지고
결혼이란 험난한 길 위에서
오르막길 내리막길 달리고 달려온
또 하나의 꿈의 수레
함께 했던 아이들만이 꿈을 향해 떠나가고
어느덧 백발이 되어 있는 나
어느 골짜기에서 녹슬어 멈춰 있는 내 꿈의 수레를
다시 타고 달려보고 싶다.

어머니의 놋수저

유선자

부엌문을 드나드는
우리 어머니 손에는
늘 놋숟가락 쥐고 있었다
놋숟가락 휘휘 젓을 때마다
마술처럼 맛있는 게 나왔다
우리 육남매는 조그마한 부엌문에
목을 길게 늘리고 군침을 흘렸다
어머니의 손에 삐딱하게
닳은 놋수저보다
뚝딱 만들어 낸 한 그릇의
음식에 눈을 모으고
안달하며 기다렸다

어머니의 놋수저

유선자 (63세, 부산광역시 사상구)

부엌문을 드나드는
우리 어머니 손에는
늘 놋숟가락 쥐고 있었다
놋숟가락 휘휘 젓을 때마다
마술처럼 맛있는 게 나왔다
우리 육남매는 조그마한 부엌문에
목을 길게 늘리고 군침을 흘렸다
어머니의 손에 삐딱하게
달은 놋수저보다
뚝딱 만들어 낸 한 그릇의
음식에 눈을 모으고
안달하며 기다렸다

똥 이야기

오애자

내 어릴 때
똥 누면 뒤를 지푸래기로 딲고
우리 할아버지는
"야 이야 똥이 누고 싶푸면
집에 뛰와서 누래이"
거름하구로"하셨서요

똥도 안 내뻐던 그때가
더 좋앗서요

똥 이야기

오애자 (73세, 부산광역시 부산진구)

내 어릴 때
똥 누면 뒤를 지푸래기로 딱고
우리 할아버지는
"야이야 똥이 누고 싶푸면
집에 뛰 와서 누래이
거름 하구로" 하셨서요
똥도 안 내삐던 그때가
더 좋앗서요

군고구마

서선옥

어느 한 겨울
왜 갑자기 한밤중에
군고구마가 먹고 싶었는지...
남편한테 군 고구마가 먹고 싶다고 말 했다

그 말을 들은 남편이
아무 말 없이 옷을 입고 나가더니
한 두시간 반 걸려서 들어 왔다

어디를 갔다 왔냐고 했더니
아무 말 없이
군고구마를 나에게 건네 주었다

증평에서 청주까지 시간이 많이 걸렸을텐데...
그때를 생각하면
남편에게 너무 고맙고 미안 했다
그렇지만
많이 행복 했다

군고구마

서선옥 (65세, 청주시 청원구)

어느 한겨울
왜 갑자기 한밤중에
군고구마가 먹고 싶었는지…
남편한테 군고구마가 먹고 싶다고 말했다
그 말을 들은 남편이 아무 말 없이 옷을 입고 나가더니
한 두 시간 반 걸려서 들어왔다
어디를 갔다 왔냐고 했더니
아무 말 없이 군고구마를 나에게 건네주었다
증평에서 청주까지 시간이 많이 걸렸을 텐데…
그때를 생각하면
남편에게 너무 고맙고 미안했다
그렇지만 많이 행복했다

달력도 못보는 시어머니
한글도 모르는 며느리   김윤자

우리 아부지는
너무 가난해서 쌀밥 실컷 먹으라고
아무것도 모르는 열여덟 살에
농사짓는 강원도 산골 맏며느리로 시집보냈다

돌도 안지난 막내시누이
말썽피우는 시동생
열세식구들에 복작대며 영영이 붙일세도 없이 살았다

그럭저럭 살다보니 예쁜딸이 태어나고
시어머니가 준 천원으로 술사고 삼십원씩모아
분홍 봄세타를 사입고 참 행복했었다

시어머니 시집살이에 논으로 밭으로 일하느라
3살먹은 딸은 흙을 파먹고 소뿔에 바치기도 했는데
벌써 쉰이 다 되었구나
그때 잘해주지 못해 엄마가 미안하다

달력도 못보는 시어머니
한글도 모르는 며느리

지금 생각해보면 그때는 왜 그랬을까
미워서 원망했던 시어머니도
답답하고 깜깜한 세월 참 힘들었겠구나싶다
고맙고 미안한 마음적어 편지한장 보내고 싶다
어머니 보고 계세요 ?

달력도 못 보는 시어머니
한글도 모르는 며느리

김운자 (69세, 서울특별시 노원구)

●

우리 아부지는
너무 가난해서 쌀밥 실컷 먹으라고
아무것도 모르는 열여덟 살에
농사짓는 강원도 산골 맏며느리로
시집보냈다
돌도 안 지난 막내 시누이
말썽 피우는 시동생
열 세 식구들이 복작대며
엉덩이 붙일 세도 없이 살았다

그럭저럭 살다 보니 예쁜 딸이 태어나고
시어머니가 준 천 원으로 술 사고
삼십 원씩 모아
분홍 봄 세타를 사 입고 참 행복했었다

시어머니 시집살이에 논으로 밭으로 일하느라
3살 먹은 딸은 흙을 파먹고
소뿔에 바치기도 했는데
벌써 쉰이 다 되었구나
그때 잘 해주지 못해 엄마가 미안하다

･ ･ ･

달력도 못 보는 시어머니
한글도 모르는 며느리

지금 생각해보면 그때는 왜 그랬을까
미워서 원망했던 시어머니도
답답하고 깜깜한 세월 참 힘들었겠구나 싶다
고맙고 미안한 마음 적어
편지 한 장 보내고 싶다

어머니 보고 계세요?

사과편지

김시자

며늘아 준영애미야
니가 인자 살림 잘하는데

내가 너무 머라 한그갓다

머라 해서 미안하다

글로 사과 하꾸마
날씨 덥다 머라도 잘 챙기묵그라

사과 편지

김시자 (69세, 부산광역시 부산진구)

며늘아 준영 애미야
니가 인자 살림 잘하는데
내가 너무 머라 한그갓다
머라 해서 미안하다
글로 사과하꾸마
날씨 덥다 머라도 잘 챙기 묵그라

이 자리에 오기까지

이명선 (62세, 창원시 마산회원구)

나는 결혼한 후에 거제에 살았다.

그 때는 다리가 놓이기 전이라

마산에 올일이 있으면 배를 타야

하는데 배를 타기 위해서는 현주소와

이름을 쓰고 나이도 써서 내야했다.

그렇지 않으면 배를 탈수가 없기 때문에 나이가 많은 사람은 나처럼 글을 모르는 줄하고 젊은 아이들에게 부탁을 했다.

그러면 참 고맙게도 써주는 사람이 있는가 하면 안 써주는 사람도 있었다.

항상 배를 타려면 마음이 콩알만하고 불안하고 어떻게 하면 잘 갈수 있을까, 하는 걱정이 되었다

지금도 잘 쓰지는 못하지만 내 이름 정도는 쓸수 있으니 감사하다

행복의 보금자리

김측이 (77세, 창원시 의창구)

나는 어린시절에 6.25. 사변당시라

학교에는 입학도 못했다 그래서 집에서

애기보고 소먹이고 풀을 베고

집일을 많이 하며 지냈다

그 대는 한글을 몰라 많이 답답해서 힘들었다

한글을 배우기 전에 아들이 은행에

가서 십억 보증서를 써 달라고 해서
은행에 갔는데, 이름을 못 써서 은행직원이
내 손을 잡고 글을 썼다 그때는 너무 당황해서
땀을 팥죽같이 흘렸다
그래서 악착같이 공부하기로 결심했다
지금은 몇억이라도 쓰겠다
지금까지 공부못해 힘들었던 것은 말로 다
표현할 수가 없다 육십칠년을 한글이란
생각 조차도 하지 못했다
지금은 한글을 배워 내 인생에
행복의 보금자리를 찾게 되었다

당당한 발걸음

황광순 (61세, 안양시 만안구)

"고모, 한글 배울래?"라고 조카가 물었다 언제나 한글이 배우
고 싶던 나는 "배우겠노라" 하고 대답을 하였다 그당시
식당을 하던 나는 수업이 끝나면 바로 식당에
와서 일을 해야 해서 몇일 나가고 그만두게
되었다. 아쉬움을 뒤로 하고 장사를 했다.
배움에 목이 말랐지만 돈을 벌어야 하니 배우는 것
보다 돈버는 것만 생각 하고 살았 었다. 가게를

그만두고 제일먼저 한게 안양시민 학교에 등록을 한 것이다. 한글을 배우고 싶었다.
어린시절 집이 힘들어지자 딸인 나만 학교를 못갔었던 것이 한이 되었었다
하나 밖에 없는 딸이 동화 책을 읽어 달라 했을때 못 읽어 준일, 액션 영화를 좋아하는 내가
외국 영화를 볼 수 없었던일,
노래방 가서 노래를 찾지 못했던일
살아오면서 남들에겐 별일 아닐 수도
있다고 생각했던 일 들이 나에겐 상처였고
슬픔이 였다. 예전에 TV를 돌리다가 우연찮게
본 영화가 있는데. 그 영화에서 전도연도
한글을 모르는 시골 처녀였다 일을 해서
서울에 유학가 있는 남동생을 뒷 바라지 했고
동네 우체부를 짝사랑 하는 내용이었다.

우체부를 매일 보고 싶어 유학가 있는 동생에게
편지 한 통을 쓰면 용돈 얼마를 주겠노라
했고 동생은 자주 편지를 보냈다. 전도연은
우체부 총각의 자전거 소리가 울리면 물가로
가서 손을 물에 적셔 뛰어나갔다. 편지를
받으면 싸인을 해야 하는데, 한글을 모르던
전도연은 손에 물을 묻혀 일을 하다가
나와서 "물이 묻어 있어서 그러는데 싸인 좀
대신해주세요"라고 말을 했다. 그 장면을
보고 내 눈가는 촉촉해 졌다 1시간 넘는
영화에서 나는 이 한 장면만 생각이 난다.
모두가 그럴 꺼라고 생각한다 속상 했던
적이 있을 것이라고, 학교를 다니면서 한번도
결석한 적이 없다. 그만큼 배우는 것이 즐겁다
아직 서툴지만 편지도 쓸 줄 알고 카톡이라는

것도 보낼수 있게 되었다, 다시 태어난 것 처럼
째밌고 신나는 일이다. 내가 공부 할수 있도록
학용품을 사주며 응원해주는 조카와 숙제도
더욱 즐겁다 가르치지 못해 항상 미안해
했던 우리 엄마와 아버지 이름을 멋지게
써드리고 싶다, 나 이렇게 배웠으니
이제 미안해 하시지 마시라고, 백점 맞은거
칭찬도 해 달라고, 못배 운것 부끄러운 일이
아니니, 앞으로도 열심히 배워 나중에
손주가 생기면 내 두룹에 앉히고 동화책을
읽어주고 싶다. 신데렐라, 백설 공주 등등을
내 손주에게 소리내어 한글자 한글자
씩 읽어 줄 것이다, 남들에겐 별일 아닌
일들이 나에겐, 행복이고 즐거움 이다

3부

책만 펴면
졸음 오니

공부는 불면증 치료제

유정애

한 맺힌 공부를 환갑이 지나 시작 하려니
눈도 안 보이고 들으면 까먹고
적응 하기가 너무 힘들다.

오랜 세월 시달렸던 불면증
책만 펴면 졸음 오니 무슨 조화 인지

수학 시간이면 스르르 잠이 온다

공부는 불면증 치료제다

그래도 졸음을 쫓으며

하나라도 더 배우려 노력한다.

공부는 불면증 치료제

유정애 (61세, 서울특별시 강서구)

한 맺힌 공부를 환갑이 지나 시작하려니
눈도 안 보이고 들으면 까먹고
적응하기가 너무 힘들다.

오랜 세월 시달렸던 불면증
책만 펴면 졸음 오니 무슨 조화인지

수학 시간이면 스르르 잠이 온다
공부는 불면증 치료제다

그래도 졸음을 쫓으며
하나라도 더 배우려 노력한다.

당신에게

백금숙

내가 글을 몰라 답답할텐데
한번도 불평 하지 않는 당신

아이들이 숙제 물어면
이리오너라. 내가 봐 줄께
아무말없이 봐주던 당신
계모임에서도 나를 세워

준당신. 큰수술 할 때 도 나를
기다려 준 당신

글을 배우고 편지를 씁니다

당신 참 고맙습니다

당신에게

백금숙 (63세, 부산광역시 부산진구)

내가 글을 몰라 답답할 텐데
한 번도 불평하지 않는 당신
아이들이 숙제 물어면
이리 오너라 내가 봐 줄께
아무 말 없이 봐 주던 당신
계모임에서도 나를 세워준 당신
큰 수술할 때도 나를 기다려준 당신
글을 배우고 편지를 씁니다
당신 참 고맙습니다

한글 배우고 십다

장미순

항상 배우지 못해서

배운사어 부러웠어요

시집가서 신랑한테

해복도 받지도 못하고 살았어요

내 가빠 우지못해서하니 몟혔다

지금이라도 배우니 행복함니다

오늘은 공부방 에서 공부하니좋습니다

하글 배우고 십다

장미순 (79세, 수원시 팔달구)

항상 배우지 못해서
배운 사이 부러웠어요
시집가서 신랑한테
행복도 받지도 못하고 살았어요
내가 배우지 못해서 한니 맺혔다
지금이라도 배우니 행복함니다
오늘은 공부방에서 공부하니 좋습니다

다시는 방학은 하지 않으려고 합니다

김 영순

그 사이에 집장 만도 하고
또 그사이에 집장 만도 하고
아들 딸 시집 장가 보내고
이제는 공부 좀 해야지
내 한 좀 풀어야지
이번에는 몸이 고장 나버렸습니다.

또 방학을 끝내고 학교에 왔습니다.
2장 꿈도 선생님도 좋고 재미있습니다.
반 친구들과도 친하게 지냅니다.
쑥 개떡도 쪄오고 감자도 삶아 먹고
공부하다 힘들면 구수한 노랫가락도 나옵니다.
'내 나이가 '어때서 ~ 공부하기 딱 좋은 나인데'

딸이 손주를 1달 만 봐 달라고 하네요.
직장 문제라 안 봐줄 수도 없고
손자가 유치원에 가있는 동안
차를 세 번 갈아타고 학교에 갔습니다.
아무도 꺾지 못할 배움의 꽃입니다.
이제 다시는 방학은 하지 않으려고 합니다.

다시는 방학은
하지 않으려고 합니다

김영순 (71세, 부천시 원미구)

●

그사이에 집 장만도 하고
또 그사이에 집 장만도 하고
아들딸 시집 장가보내고
이제는 공부 좀 해야지
내 한 좀 풀어야지
이번에는 몸이 고장 나버렸습니다.

또 방학을 끝내고 학교에 왔습니다.
짱꿍도 선생님도 좋고 재미있습니다.
반 친구들과도 친하게 지냅니다.
쑥개떡도 쪄 오고 감자도 삶아 먹고
공부하다 힘들면 구수한 노랫가락도 나옵니다.
'내 나이가 어때서~ 공부하기 딱 좋은 나인데'

． ． ．

딸이 손주를 1달만 봐달라고 하네요.
직장 문제라 안 봐줄 수도 없고
손자가 유치원에 가 있는 동안
차를 세 번 갈아타고 학교에 갔습니다.
아무도 꺾지 못할 배움의 꽃입니다.
이제 다시는 방학은 하지 않으려고 합니다.

등굣길

김순엽

파란 하늘 예쁜 꽃
오늘도 반겨주는 나의 등굣길

가방 메고 걸어가면

하얀 도화지 펼쳐지고

아빠 이름 아이들 이름

그 위에 적어 보고

집 주소랑 친구들 이름도 적어본다

어디선가 불어오는 시원한 바람은

나의 머리카락을

장하다고 쓰다듬고

지지배배 새들 울음소리

나의 귀를 만지네

오늘도 행복한 나의 등굣길

소녀는 가방 메고

학교 갑니다

등굣길

김순엽 (57세, 안양시 만안구)

파란 하늘 예쁜 꽃

오늘도 반겨주는 나의 등굣길

가방 메고 걸어가면 하얀 도화지 펼쳐지고

아빠 이름 아이들 이름 그 위에 적어보고

집 주소랑 친구들 이름도 적어본다

어디선가 불어오는 시원한 바람은

나의 머리카락을 장하다고 쓰다듬고

지지배배 새들 울음소리 나의 귀를 만지네

오늘도 행복한 나의 등굣길

소녀는 가방 메고

학교 갑니다

나 에게 보내는 응원

김 정 자

갓 20살에 만난
하늘 같고 꿈같던 남편
아들형제 낳고 살만 하다 싶을 때
누구의 질투였을까?
남편은 병이 깊단다

하나님, 부처님, 천지신명님!
삼천 배로 빌고 또 빌었더니
15년을 더 곁에 있게 해 주셨네

하늘 같은 남편이
공부하라 밀어 주고
친구 사귀라고 밀어 주고
까막눈 나를 눈 뜨게 밀어 주어

오늘도 나는 당당하게
시민학교로 달려 간다
그리운 남편이 하늘에서
잘 하고 있다고 칭찬하겠지

오늘도, 내일도
친구들과 선생님들과
당당하고 씩씩하게 살아가련다

나에게 보내는 응원

김정자 (61세, 안양시 만안구)

갓 20살에 만난
하늘같고 꿈같던 남편
아들 형제 낳고 살 만하다 싶을 때
누구의 질투였을까?
남편은 병이 깊단다

• •

하나님, 부처님, 천지신명님!
삼천 배로 빌고 또 빌었더니
15년을 더 곁에 있게 해주셨네

하늘같은 남편이 공부하라 밀어주고
친구 사귀라고 밀어주고
까막눈 나를 눈뜨게 밀어주어

오늘도 나는 당당하게 시민학교로 달려간다
그리운 남편이 하늘에서
잘하고 있다고 칭찬하겠지

오늘도, 내일도
친구들과 선생님들과
당당하고 씩씩하게 살아가련다

나의 꿈

이금 례

글을 몰랐을 때
친구들과 노래방에 가면
나는 친구에게 말했다.

친구야

눈에 뭐가 들어가서
글씨가 아보여
노래 좀 찾아달라고 했다.

지금은 공부를 하고보니
자신이 있어서 두렵지가 않다

나의 꿈

이금례 (63세, 서울특별시 영등포구)

글을 몰랐을 때
친구들과 노래방에 가면
나는 친구에게 말했다.

친구야
눈에 뭐가 들어가서
글씨가 아 보여
노래 좀 찾아 달라고 했다.

지금은 공부를 하고 보니
자신이 있어서 두렵지가 않다.

오랜 마취에서 풀려났어요

송순옥

두 눈 떠져 있었으나
글자를 보아야 할 땐 금세 감겨 지고

입은 열려 있었으나
글자를 읽어야 할 땐 금세 닫혀 지고

오른쪽 다섯 손가락 있었으나
글자를 쓸 일 있을 땐 마비가 오고

두 다리 왔다 갔다 걸을 수 있었으나
지하철 노선 몰라 두 다리 묶이고

내 두 볼을 활활 타오르는 용광로 만들고
내 심장을 쿵쾅쿵쾅 두 방망이질 쳐놓는

가장 강력한 마취에 걸려
풀려나오지 못하고 아파하며 살아오다가

한글을 배워 읽고 쓰니
오랜 마취에서 감쪽같이 풀려났어요.

오랜 마취에서 풀려났어요

송순옥 (63세, 부천시 원미구)

두 눈 떠져 있었으나
글자를 보아야 할 땐 금세 감겨지고

입은 열려 있었으나
글자를 읽어야 할 땐 금세 닫혀지고

오른쪽 다섯 손가락 있었으나
글자를 쓸 일 있을 땐 마비가 오고

두 다리 왔다 갔다 걸을 수 있었으나
지하철 노선 몰라 두 다리 묶이고

내 두 볼을 활활 타오르는 용광로 만들고
내 심장을 쿵쾅쿵쾅 두방망이질 쳐놓는

　　　　　• • •

　　　　가장 강력한 마취에 걸려
　　풀려나오지 못하고 아파하며 살아오다가

　　　　　한글을 배워 읽고 쓰니
　　오랜 마취에서 감쪽같이 풀려났어요.

내 생일 날

정근화

우리 홍서방이 꽃다발을 안겨주었다
너무 좋아서 활짝 웃는 나를 보고
딸이 엄마 소녀 같다고 했다
예쁜 케익위에 초가 쉰 다섯개 꽂혔네
내 나이는 예순 셋 인데
젊어 보여서 그렇게 했단다
참 행복했던 내 생일 날
이렇게 쓸수 있어서 좋다

내 생일날

정근화 (63세, 서울특별시 성북구)

우리 홍 서방이 꽃다발을 안겨주었다
너무 좋아서 활짝 웃는 나를 보고
딸이 엄마 소녀 같다고 했다
예쁜 케익 위에 초가 쉰다섯 개 꽂혔네
내 나이는 예순 셋인데
젊어 보여서 그렇게 했단다
참 행복했던 내 생일날
이렇게 쓸 수 있어서 좋다

학 끄 에 가끄 싶은 이유

이명례

학끄에 가끄 싶다
공부하끄 싶어서

나는 학끄에 가끄싶다
재미 있어서

학끄에 가끄싶다
친구들이 좋아서

학교에 가고 싶은 이유

이명례 (66세, 충주시 연수동)

학교에 가고 싶다
공부하고 싶어서

나는 학교에 가고 싶다
재미있어서

학교에 가고 싶다
친구들이 좋아서

사랑하는 우리 영감님

최 정

오토바이 타고
학교 가는 길
글 모를 땐
길 못 찾을까 걱정 돼서
테려다 주고

글 배운 다음

아픈 다리 걱정 돼서
테려다 주고
공부가 어렵다 투정 하면
한 자만 배우고 오라 하는데
내 욕심은 더 배우고 싶네
고마운 우리 영감님

사랑하는 우리 영감님

최정 (75세, 서울특별시 영등포구)

오토바이 타고

학교 가는 길

글 모를 땐

길 못 찾을까 걱정 돼서

데려다 주고

글 배운 다음

아픈 다리 걱정 돼서

데려다 주고

공부가 어렵다 투정하면

한 자만 배우고 오라 하는데

내 욕심은 더 배우고 싶네

고마운 우리 영감님

보고 싶은 당신에게

한오순

당신은
살면서 너무 고생만 했다
먹을 것이 없어서
제대로 먹지도 못하고 일만하다가
몸이 아팠다
그럼에도 병원에 갔다 오면
또 일하곤 했다

원래 집이 아무것도 없어서
품을 팔아 하루하루 먹고 살았다
그러다가 점점 남편의 몸이 심하게 아팠다
나는 남편의 병원에도 따라가지 못했다
집이 너무 없어서
내가 돈을 벌어야
자식들 학교도 보내고 남편 병원비도 보텔 수 있었기 때문에

어린 자식들을 두고 간
당신은...
하늘나라에서 편안하신지요?
세월이 흘러
지금 나는 잘 있습니다
그리고 당신의 아이들도 잘 컸습니다

보고 싶은 당신,
고맙고
사랑 합니다

보고 싶은 당신에게

한오순 (63세, 청주시 청원구)

당신은
살면서 너무 고생만 했다
먹을 것이 없어서
제대로 먹지도 못하고 일만 하다가
몸이 아팠다
그럼에도 병원에 갔다 오면
또 일하곤 했다

원래 집이 아무것도 없어서
품을 팔아 하루하루 먹고 살았다
그러다가 점점 남편의 몸이
심하게 아팠다
나는 남편의 병원에도 따라가지 못했다
집이 너무 없어서
내가 돈을 벌어야
자식들 학교도 보내고
남편 병원비로 보탤 수 있었기 때문에

어린 자식들을 두고 간
당신은…
하늘나라에서 편안하신지요?
세월이 흘러
지금 나는 잘 있습니다
그리고 당신의 아이들도 잘 컸습니다

보고 싶은 당신,
고맙고
사랑합니다

내 가슴 연필과 노트만 보면 두근두근

이정순

내 가슴은 항상 두근두근 하구나
구청에가서도 서류한장 뗄때도
남편이 아파 병원에 입원 할 때도
은행이며 주민센터며 재개발 할때도

내 가슴은 두근두근
언제까지 두근두근할까
가슴이 두근두근 하지 않을 때까지
나는 배우고 또 배워서
내 가슴에 한을 풀고 싶다

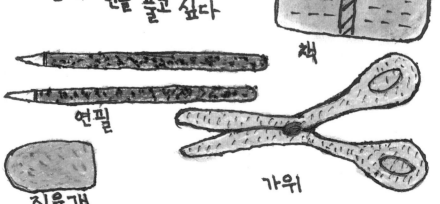

책

연필

가위

지우개

내 가슴 연필과 노트만 보면
두근두근

이정순 (62세, 서울시 성북구)

내 가슴은 항상 두근두근 하구나
구청에 가서도 서류 한 장 뗄 때도
남편이 아파 병원에 입원할 때도
은행이며 주민센터며 재개발할 때도

내 가슴은 두근두근
언제까지 두근두근할까
가슴이 두근두근하지 않을 때까지
나는 배우고 또 배워서
내 가슴에 한을 풀고 싶다

나의 인생길

최경순

어린 나이에 시집을 와서 십년만에
첫아들 낳아 모두가 기뻐 했지요
인생은 새옹지마 라고 하더니만
남편이 갑자기 간경화에 걸려서
세상을 떠나고 나니 눈앞이 캄캄하고

살일이 막막 하기만 했지요 농사일 노점 장사
온갖일을 다하고 나니 내몸은 망가지고
오리처럼 뒤뚱뒤뚱 거리고 걷는 것도 힘이 들고
그래도 아들 대학 시켜 보석 같은 며느리 보고

얼굴은 주름지고 지난 세월 생각 하니
꿈만 같구나 태산을 넘으면 평지가 오듯이
인생살이 글로 다쓸려면 태산도
부족 하지만 지금은 글자 배우면서
세상 시름 잊고 즐겁게 살아 가련다

나의 인생길

최경순 (78세, 부산광역시 사상구)

●

어린 나이에 시집을 와서 십 년 만에
첫아들 낳아 모두가 기뻐했지요

인생은 새옹지마라고 하더니만
남편이 갑자기 간경화에 걸려서
세상을 떠나고 나니 눈앞이 캄캄하고
살 일이 막막하기만 했지요

농삿일 노점 장사

온갖 일을 다 하고 나니

내 몸은 망가지고

오리처럼 뒤뚱뒤뚱 거리고

걷는 것도 힘이 들고

그래도 아들 대학 시켜

보석 같은 며느리 보고

얼굴은 주름지고

지난 세월 생각하니

꿈만 같구나

태산을 넘으면 평지가 오듯이
인생살이 글로 다 쓸려면 태산도
부족하지만 지금은 글자 배우면서
세상 시름 잊고 즐겁게 살아가련다

내 인생 처음 학교에 왔다

시인: 정재순

학교에 오니까

선생님들과 학생들과

공부하니 너무 재미있다

질겁다

지금이라도 여심히 해야지 하고

다김해 보다

여덜살 때 너무 집 살이를 하며 살았다

집에 오니까

하머니 아버지 동생 있어다

얼마 있다가 또 갔다

열여덜살 때

너무 집 살이를 마감 했다

지금은 행복하다

내 인생 처음 학교에 왔다

정재순 (57세, 서울특별시 양천구)

학교에 오니까
선생님들과 하생들과
고부하니 너무 재미있다
질겁다
지금이라도 여심히 해야지 하고
다김해보다
여덜살 때 너무 짐 살이를 하며 살았다
집에 오니까 하머니 아버지 동생 있어다
얼마 있다가 또 갔다
열여덜 살 때
너무 집 살이를 마감했다
지금은 행복하다

소중한 남자

나미자

아침에 눈을 뜨면 먼저 생각 나는 남자
김치찌개 된장찌개 같은 남자
하루 세끼 나랑 밥 먹어주는 남자

그런 남자와 함께 살고 있어서
나는 건강 하고 행복 합니다

행복은 멀리 있는 것이 아니라
바로 가까이 있습니다

그 남자와 결혼 한지 벌써 오십년
수고 했고
고맙고
사랑 합니다

소중한 남자

나미자 (76세, 청주시 상당구)

아침에 눈을 뜨면 먼저 생각나는 남자
김치찌개 된장찌개 같은 남자
하루 세 끼 나랑 밥 먹어주는 남자
그런 남자와 함께 살고 있어서
나는 건강하고 행복합니다
행복은 멀리 있는 것이 아니라
바로 가까이 있습니다

그 남자와 결혼한 지 벌써 오십 년
수고했고
고맙고
사랑합니다

둘이서

김정애

길을 갈 때도
둘이서 걸으면 재미 있고
혼자 걸으면 심심 하다.
밥을 먹을 때도.
둘이서 먹으면 맛이 있고
혼자 먹으면 맛이 없다
우리도 옛날에 둘이 만났다
그리고 셋이도고 넷이 되었다,
다시 셋이 되고 둘이 되었다
황혼 길도
혼자는 외로우니까
둘이서 정답게 걸어 갔으면……

둘이서

김정애 (70세, 서울특별시 노원구)

길을 갈 때도
둘이서 걸으면 재미있고
혼자 걸으면 심심하다.
밥을 먹을 때도
둘이서 먹으면 맛이 있고
혼자 먹으면 맛이 없다.
우리도 옛날에 둘이 만났다
그리고 셋이 되고 넷이 되었다.
다시 셋이 되고 둘이 되었다.
황혼길도
혼자는 외로우니까
둘이서 정답게 걸어갔으면…

봄

김 정 숙

도랑에 벚나무가

옷을 벗어야

한다나

담벼락에는 개나리

가 피었다나

나는 아침에 학교를

가야 한다나요.

봄

김정숙 (67세, 부천시 원미구)

도랑에 벚나무가
옷을 벗어야
한다나
담벼락에는 개나리가
피었다나
나는 아침에 학교를
가야 한다나요

설마 한글을 모른다 안 하겠지요

박춘광 (68세, 창원시 의창구)

어느 날 며느리가 손자 손녀를 데리고 와
어머니 아이들 좀 봐주세요 잠깐볼일이 있어요
하며 어린이 동화책을 몇 권을가지고 와서
손자에게 호윤아 할머니 말씀잘 듣고 동생
영어책 동화책좀 읽어주고잘 데리고 놀아라
하며 가고나니 손자는 지가 놀기위해 할머니 호인이

영어책좀 읽어주세요 한다 가슴이 콩닥콩닥 뛰었다
호윤아 엄마가 너보고 책읽어주라고 했는데 왜 할머니 보고
시키니 할머니는 영어안배워서 모른다고 하니 그러면
동화책 읽어주세요 했다
그말을 듣는순간 가슴이 두근두근 뛰었다
손자 하는 말이 "설마 한글을 모른다 말은 안하겠지요?"
나는 그말 듣고 또 한번 깜짝 놀라 아 글을 배워야 되겠다는
생각이 간절했다 그리고 나는 온갖 서짓말 이핑게 저핑게를
둘러대며 손자 손녀를 데리고 학교와 놀이터로 나가 놀다 왔다.
그다음날 딸에게 엄마 공부해야 되겠다 말했더니
한울학교를 데리고 가서 입학하고 공부를 시작했다.

그때는 남편이 신경뇌경색 병으로 누워있어 집에서 병간호
하고 있는중 이어서 공부한다는 것은 생각도 할수 없는 환경이였다
집에서 환자만 돌보고 있으니 몸도 마음도 편치 않고
스트레스만 쌓이고 하루 두시간 공부한다니 잠깐이라도
집을 벗어나 학교가서 앉아 있어도 머리에 공부가 잘 들어오지 않고
집에있는 환자 걱정만 되었다 몸은 학교에 있어도 마음은
집에가 있으니 공부는 커녕 머리만 복잡해지고 갔다 왔다 세월을
보내고 시간만 흘렀다 그래도 나는 학교를 가는 것만해도 기분이
좋고 선생님들께서 열심히 가르쳐주시는 모습만 봐도 힘이생기고
의욕이 생겼다 그때 초등학교 3학년 손자가 할머니한테 '한글
모른다고 말 안하겠지요' 라는 그말이 내 가슴을 울리며 나는 글을
몰라 남앞에서 말도 제대로 못하고 죄인 아닌 죄인처럼 주눅이 들어

살아왔다 가진 것도 없고 배운 것도 없으니 항상 눈물을 흘리며

열심히 살다보면 언젠가는 좋은 날이 올거야 마음속으로

꿈꾸면서 살았다

지금 그꿈이 이루어졌다 공부를 해보니 마음에 양식을 조금씩

쌓여가고 있어 부자가 되어가는 느낌이 든다 글자를 한자한자

알아가니 정말 재미있다 지금은 아들 며느리 손자 손녀에게

편지도 쓰고 가족끼리 스마트폰으로 문자도 받고 카톡도 주고 받으며

너무 너무 즐겁고 행복하다 앞으로 건강이 허락 하면 계속

공부를 하고싶다 한글학교 모든 선생님께 감사드립니다.

고맙습니다 사랑합니다.

공부와 함께 자라나는 나의 행복

최경자 (58세, 안양시 만안구)

나는 10살 때 영문도 모르고 아버지 손을 잡고 버스를
타고 시내를 따라갔다. 내가 들어간 곳은 굶은방이었다.
아버지는 나를 그 집에다가 팔았다. 내 손에 사과 한
개를 쥐어주었다. 그리고 아버지는 가 버렸다 나는
계속 울었지만 울어도 울어도 소용이 없어서 현실에
순응해야 했다. 나는 어려서 아무 힘도 없었고
아버지가 나를 팔았으니 어떻게 할 수가 없었다.

그 집에는 아들 딸들이 육남매나 있었다. 그 아이들 '시중을 드는 일을' 했다. 아이들이 '학교에 갔다 와서 옷을 벗어 내놓으면 고무다라에 한 가득이나 되었다. 그러면 나는 수돗가에 가서 뙤약볕에서 빨래를 했다. 생각해보면 그 때의 나는 사람이 아니다. 생각도 없고 꿈도 없는 그저 짐승처럼 일만하는 인간일 뿐이었다. 그래도 가끔은 그 집 아이들이 부러워 눈물이 나기도 했다. 어느 날 수돗가에서 빨래를 하고 있는데 옆집 아줌마가 나한테 쟤는 눈 뜬 봉사라고 했다. 나는 그 소리를 듣는 순간 멍해지고 말았다. 그러고 있는데 옆에 있는 아줌마가 " 애한테 무슨 그런 말을 해 " 하면서 가 버렸다.

나는 그 말에 얼마나 가슴이 아팠는지 모른다.
아마 그 말은 죽을 때까지 못 잊을 것 같다.
세월이 지나 결혼할 나이가 되어서 남편을 만나
결혼을 하였다. 그 집에서는 그토록 나를 부려먹고
이불 한 채만 해 주었다. 아이를 낳고 글자를
모르니 아기는 자꾸 자라가는 데 책 한 권 읽어
주지 못하는 마음이 한스러웠다. 우연한 기회에
성인을 대상으로 공부를 가르쳐주는 곳이 있다고
주인 아주머니가 알려주셨다. 그 곳이 바로
안양시민학교였다. 공부를 하고 글자를 알게 되니
옛날에 힘들었던 시절도 다 잊혀질 것 같다
지금은 서투르지만 편지도 쓸 수 있고 은행일도 다
할 수 있다. 나의 작은 꿈이 있다면 좋은 친구들
몇 명이서 수학여행을 가 보고 싶다 그리고

아들 딸이 장가 시집가서 손자 손녀들이 " 할머니,
책 읽어 주세요!" 할 때 " 오냐, 읽어주마."
라고 말하고 싶다. 그리고 나같이 어릴 때 공부를
하지 못했을 사람들에게 도움을 줄 수 있다면
참 좋을 것 같다.

배나무

허옥기 (52세, 제천시 남천동)

배가 일곱개가 열렸다.

그걸 볼때마다 대견하고 아름답다.

왜 그 배나무를 그렇게 사랑하냐고 하는 사람도

있게지만 사실은 많이 아파서 그 배나무를 자르고 또 잘랐다.

그래서 "나무야! 왜 그렇게 아프냐?

나는 너를 보고 있으니 나도 너처럼 그렇게

시들어 가는 것같다.

배나무야 우리 함께 오래 오래 잘 살아가자.
나도 하나 하나 고치고 또 고치며 살다보니 그 모든 일들이
마음 먹기 달렸더구나 오늘도 나는 학교갔다 올께
집 잘 보고있어 배나무야" 하고 집을 나선다.

4부

내 인생에
꽃이 폈네

내 인생에 꽃이 폈네

오홍자

회사 다닐 때 친구들이
펜팔 하자고 할 때
차마 글 모른다고 할 수 없어
관심 없는 척 우물쭈물 대던 일
친구들 편지 읽는 소리가
세상에서 제일 부럽기만 했지

친구들 계모임 에서
돌아가며 총무 볼 때도
온갖 핑계 다대고 빠져 나간일
글을 몰라 식당에 가도
차마 글 모른 다고 할 수 없어
친구와 똑같은 것 주문한 했지

메 뉴	
된장찌개	5000 원
청국장	5000 원
김치찌개	5000 원
칼국수	4000 원

이제 딸에게 문자도 보내고
계모임 돈 계산도 하고
"청국장 2인분 주세요."
식당에 가서 입맛에 맞게 주문한다.
내 인생에 꽃이 폈네.
육십이 다되어 꽃이 활짝 폈네.

내 인생에 꽃이 폈네

오홍자 (56세, 부천시 원미구)

회사 다닐 때 친구들이
펜팔하자고 할 때
차마 글 모른다고 할 수 없어
관심 없는 척 우물쭈물 대던 일
친구들 편지 읽는 소리가
세상에서 제일 부럽기만 했지

친구들 계모임에서
돌아가며 총무 볼 때도
온갖 핑계 다 대고 빠져나간 일
글을 몰라 식당에 가도
차마 글 모른다고 할 수 없어
친구와 똑같은 것 주문한 했지

이제 딸에게 문자도 보내고
계모임 돈 계산도 하고
"청국장 2인분 주세요."
식당에 가서 입맛에 맞게 주문한다.

내 인생에 꽃이 폈네.
육십이 다 되어 꽃이 활짝 폈네.

학 교

장학선

학 교
두 글자만 써도
가슴이 두근두근　행복해요

받아쓰기
문장이 길어요
내 손과 심장이 떨려요
아는 것도 잊어버려요

그런데 지금은
조금씩 알아가고 있어요
60넘어 시작한　배움이

연필을　주고
글씨를 쓰는 내가
참　대견해요
참　사랑스러워요

학교

장학선 (67세, 안양시 동안구)

학교

두 글자만 써도

가슴이 두근두근 행복해요

받아쓰기

문장이 길어요

내 손과 심장이 떨려요

아는 것도 잊어버려요

그런데 지금은 조금씩 알아가고 있어요

60 넘어 시작한 배움이

연필을 쥐고 글씨를 쓰는 내가

참 대견해요

참 사랑스러워요

이 행복을 누구에게 말할까?

김봉준

팔십 먹은 할머니가 초등학생이라니
어린이가 된 기분이다.
한글을 모르던 내가 교과서로 공부를 하니
너무 신기하고 행복하다.
3학년이 되니 꼬불꼬불 영어까지 배운다.
간판에 ABCD 라는 영어가 있으면 띄엄 띄엄
읽어 보기도 한다.
학교에 오니 내 모습이 이렇게 멋져지고 있다.
그래서 학교 가는 날이 제일 행복하다.
아~
이 행복을 누구에게 말할까?
옆에서 격려하고 도움을 주는 영감님한테
영어 시간에 배운 한마디를 오늘은 해봐야겠다
영감! 알라뷰 알라뷰♡ 알 라 뷰

이 행복을 누구에게 말할까?

김봉준 (80세, 성남시 중원구)

팔십 먹은 할머니가 초등학생이라니
어린이가 된 기분이다.
한글을 모르던 내가 교과서로 공부를 하니
너무 신기하고 행복하다.
3학년이 되니 꼬불꼬불 영어까지 배운다.
간판에 ABCD라는 영어가 있으면 띄엄띄엄
읽어보기도 한다.
학교에 오니 내 모습이 이렇게 멋져지고 있다.
그래서 학교 가는 날이 제일 행복하다.
아~ 이 행복을 누구에게 말할까?
옆에서 격려하고 도움을 주는 영감님한테
영어 시간에 배운 한마디를 오늘은 해봐야겠다
영감! 알라뷰 알라뷰♡

나도 할 수 있다

이간난

나도 할 수 있다.
나는 즐겁다.
나는 기쁘다
나는 행복하다

나도 이제는
버스를 혼자 탈 수 있다
병원도 혼자 갈 수 있다
친구들과 식당가서
나 먹고 싶은 밥을 시킬수 가 있다.
나는 참 행복하다
글자를 안다는 것이 이렇게 행복할 줄이야

나도 할 수 있다

이간난 (75세, 충주시 연수동)

나도 할 수 있다
나는 즐겁다
나는 기쁘다
나는 행복하다
나도 이제는
버스를 혼자 탈 수 있다
병원도 혼자 갈 수 있다
친구들과 식당 가서
나 먹고 싶은 밥을 시킬 수가 있다
나는 참 행복하다
글자를 안다는 것이 이렇게 행복할 줄이야

삼 국 시 대　　허덕순

6십평생 삼국시대 처음아랏다

전라도가 백제　　경주가 신라라대

합천 니고향 가야국이 바로 우리동내다

고구려가　여수로 넏다

공부하니 유식 해지다

고구려 백제 신라 삼국

가야도 잇는대

사국이라 해야 안대나

삼국시대

허덕순 (66세, 부산광역시 부산진구)

6십 평생 삼국시대 처음 아랐다

전라도가 백제 경주가 신라라대

합천 내 고향 가야국이 바로 우리 동내다

고구려가 억수로 널다

공부하니 유식해지다

고구려 백제 신라 삼국

가야도 잇는대

사국이라 해야 안 대나

손자는 내 공부친구

김정순

내 새끼들다 키우고나니
내 할 일 다 끝난 줄 알았다
어느새 태어난 내 손자
예쁘기가 **한량없다**

늦게 시작한 공부
손자와 같이 공부한다
저 동화책 왰을 때
할미 것도 한권 빼오네

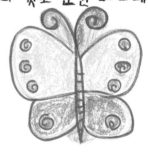

책한 장 넘기기도 이렇게 힘든데
손자 녀석은 새미나게 잘도 왰는다
기특 한 녀석
어느새 할미보다 왰섰네

지난해만 해도 당황스럽게
책읽어 달라고 조르던 녀석이
의젓하게 혼자 왰는다
어느새 사이좋은 공부친구가 됐네

손자는 내 공부 친구

김정순 (63세, 부천시 원미구)

•

내 새끼들 다 키우고 나니
내 할 일 다 끝난 줄 알았다
어느새 태어난 내 손자
예쁘기가 한량없다

늦게 시작한 공부
손자와 같이 공부한다
저 동화책 읽을 때
할미 것도 한 권 빼오네

책 한 장 넘기기도 이렇게 힘든데
손자 녀석은 새미나게 잘도 읽는다
기특한 녀석
어느새 할미보다 앞섰네

· · ·

지난해만 해도 당황스럽게
책 읽어달라고 조르던 녀석이
의젓하게 혼자 읽는다
어느새 사이좋은 공부 친구가 됐네

과   일 정숙이

나 는 과일 장사다

배 바나나 복숭아 자두 살7

파인애플 부전 서장 가서
말로 해서 과일을 도 때로
때가 왔어요
지금은 과일 이름을 씨노코
삼천 원, 오 천 원,
팔고 있어요

오 천 원   삼천 원

과일

정숙이 (70세, 부산광역시 동래구)

나는 과일 장사다
배 바나나 복숭아 자두 살구
파인애플 부전시장 가서
말로 해서 과일을 도매로
때가 왔어요

지금은 과일 이름을 씨노코
삼천 원, 오천 원,
팔고 있어요

할머니 동화책은 더듬 더듬

할머니 책 읽어줘
세 살 먹은 손녀딸이 나에게
책을 읽어 달랜다

정연숙

가슴이 벌컥 내려앉는다
더듬 더듬
글자는 왜 이리 구불구불

예휴
한숨을 쉬며 가버린다
할머니는 왜 천천히 읽어?
할머니는 할 말이 없다

서하야 엄마가 읽어줄까?
응응
내딸 손녀딸 그리고 나
셋이 드러누어 책을 읽는다

어서 글을 배워 책을 읽어주어야지
엄마괜찮아 천천히 하면 되
딸의 위로가 힘이 되다

서하야 얼른 커서
나중에 할머니 공부가르쳐 줘라"
고개를 끄덕 끄덕
그 때는 공부를 왜 못했을까?
할머니 마음을 아는지 모르는지
셋이 누워 동화책을 읽고 있는 지금이
내 인생 최고의 봄날이다

할머니 동화책은 더듬더듬

정연숙 (63세, 서울특별시 도봉구)

●

할머니 책 읽어 줘
세 살 먹은 손녀딸이 나에게
책을 읽어달랜다

가슴이 벌컥 내려앉는다
더듬더듬
글자는 왜 이리 구불구불

에휴
한숨을 쉬며 가버린다
할머니는 왜 천천히 읽어?
할머니는 할 말이 없다

서하야 엄마가 읽어 줄까?
응 응
내 딸 손녀딸 그리고 나
셋이 드러누어 책을 읽는다

어서 글을 배워 책을 읽어주어야지
엄마 괜찮아 천천히 하면 되
딸의 위로가 힘이 되다

서하야 얼른 커서
나중에 할머니 공부 가르쳐줘라
고개를 끄덕끄덕
그때는 공부를 왜 못했을까?
할머니 마음을 아는지 모르는지
셋이 누워 동화책을 읽고 있는 지금이
내 인생 최고의 봄날이다

공부는 힘

조점순

자음 ㄱ ㄴ ㄷ ㄹ...
모음 ㅏ ㅑ ㅓ ㅕ...
자음과 모음 만나면
가 나 다 라...
받침 글자 각 낙 닥 락...

이걸 못 배워
멀쩡한 내 두 눈 멀게 하고
멀쩡한 내 손 묶어 놓고
멀쩡한 내 입 벙어리 인양
가슴 아프게 살아온 세월

내의 눈 손, 입 치료하기 위해
한글 교실 입학하여 공부하니
씻은 듯이 말끔히 나았습니다.

나와 같이 공부 못하여
애만 태우고 있으신 분이 있다면
용기 내시어
저와 같이 나와서 공부 하세요.
공부는 힘이 나게 합니다.

공부는 힘

조점순 (78세, 부천시 오정구)

●

자음 ㄱ ㄴ ㄷ ㄹ…
모음 ㅏ ㅑ ㅓ ㅕ…
자음과 모음 만나면
가 나 다 라…
받침 글자 각 낙 닥 락…

이걸 못 배워
멀쩡한 내 두 눈 멀게 하고
멀쩡한 내 손 묶어 놓고
멀쩡한 내 입 벙어리인 양
가슴 아프게 살아온 세월

나의 눈, 손, 입 치료하기 위해
한글교실 입학하여 공부하니
씻은 듯이 말끔히 나았습니다.

나와 같이 공부 못하여
애만 태우고 있으신 분이 있다면
용기 내시어
저와 같이 나와서 공부하세요.
공부는 힘이 나게 합니다.

나의 자부심

정 숙자

20년 공장에 다니며
딸들 출가시키고
이제는 몸이 아파서
일을 할 수가 없다

이제는 나를 위한 삶,
매일 매일 공부를 한다
한글 받침은 너무 많고
어려워서 속상해도

58년 내 마음의 한을
한글 공부가 풀어준다
남 앞에서 작아졌던
내 자부심이 부풀어가는
풍선처럼 날아오른다

나의 자부심

정숙자 (57세, 안양시 만안구)

20년 공장에 다니며 딸들 출가시키고
이제는 몸이 아파서 일을 할 수가 없다

이제는 나를 위한 삶,
매일 매일 공부를 한다
한글 받침은 너무 많고 어려워서 속상해도

58년 내 마음의 한을
한글 공부가 풀어준다
남 앞에서 작아졌던 내 자부심이
부풀어가는 풍선처럼 날아오른다

연극 배우 순복이

최순복

내는 홍도 시어미다
허여무리 분칠하고
눈꼬리는 찍 올리고
가리마 타고 비내 쪼 잤다

글모리는 매느리 홍도에게 퍼붓다
무식한 매느리가 집구석 망친다고

홍도가 울었다 연극이라도 미안하다
"니 탤래비 나오데 출세했다"
친구가 말해주서 기분조타
공부 한자 더하라고
남편이 설거지는 말타한다
순복이 인생 꽃치 핐다

연극배우 순복이

최순복 (67세, 부산광역시 부산진구)

내는 홍도 시어미다
허여무리 분칠하고
눈꼬리는 찍 올리고 가리마 타고 비내 쪼쨌다
글 모리는 매느리 홍도에게 퍼붓다
무식한 매느리가 집구석 망친다고
홍도가 울었다 연극이라도 미안하다
"니 텔래비 나오데 출세했다"
친구가 말해주서 기분 조타
공부 한 자 더 하라고
남편이 설거지는 맡타 한다
순복이 인생 꽃치 폈다

공부를 하고부터는

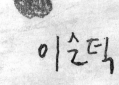

이순덕

어렵게 어렵게 공부를 시작했더니
내 온몸의 장기들이 웃는다
눈도 웃고
귀도 웃고
입도 웃고

내 배꼽까지 웃는다

안보이던 글자들이 웃는다

길가의 모든것이 날보고 웃는다
하늘도 땅도 푸르게 웃는다
이제 웃을일만 남았다

공부를 하고 부터는

이순덕 (71세, 성남시 중원구)

어렵게 어렵게 공부를 시작했더니

내 온몸의 장기들이 웃는다

눈도 웃고

귀도 웃고

입도 웃고

내 배꼽까지 웃는다

안 보이던 글자들이 웃는다

길가의 모든 것이 날 보고 웃는다

하늘도 땅도 푸르게 웃는다

이제 웃을 일만 남았다

나의 특별한 동창생

윤영옥

옆집 언니가 동창 모임에 간다고 한다.
나도 동창 모임을 해봤으면…
어렸을 때 나는
학교를 다니지 못해
그 흔한 동창생이 없다.

가슴 한구석이 텅 빈듯 허전하다

오십이 훌쩍 넘어 뒤늦게 공부를 시작했다.

우리반 언니들은 나이가 많다.
남들에게는 흔한 동창생
나에게는 특별한 동창생
이제부터 라도
여행도 가고
즐겁게 멋진 인생을 살고 싶다.

내일은 옆집 언니한테 가서 말해야지
" 언니 나도 동창 모임에 가요 ! "

나의 특별한 동창생

윤영옥 (56세, 서울특별시 강북구)

옆집 언니가 동창 모임에 간다고 한다.

나도 동창 모임을 해봤으면…

어렸을 때 나는 학교를 다니지 못해

그 흔한 동창생이 없다.

가슴 한구석이 텅 빈 듯 허전하다

오십이 훌쩍 넘어 뒤늦게 공부를 시작했다.

우리 반 언니들은 나이가 많다.

남들에게는 흔한 동창생

나에게는 특별한 동창생

이제부터라도 여행도 가고

즐겁게 멋진 인생을 살고 싶다.

내일은 옆집 언니한테 가서 말해야지

"언니 나도 동창 모임에 가요!"

강 아 지

박군자

쉼 터벽에 강아지 찾습니다

색갈은 약간 노랑 색갈

눈이 둥글고 꼴이길고 그런강아지
보신분 전화 주세요
쉼터할망구들 입만 우물 우물

내가 큰소리로 읽었다.
놀라 딱쳐다 본다
좋아 어쩔할줄 몰랐다.

강아지

박군자 (74세, 부산광역시 부산진구)

쉼터 벽에 강아지 찾습니다
색갈은 약간 노랑 색갈

눈이 둥굴고 꼴이 길고 그런 강아지
보신 분 전화 주세요
쉼터 할망구들 입만 우물우물

내가 큰 소리로 읽었다
놀라 딱 쳐다본다
좋아 어찌할 줄 몰랐다

행복 하네

김금자

나 어릴때 친구들라
공부하고 싶었다네
　　　　　나이 먹고 공부하니
　　　　　힘이 들고 어렵다네
이제라도 배운공부
엄마에게 쓰려하니
　　　　　보낼곳을 모른다네
　　　　　하늘나라 가셨다네

연애하고 싶은시절
글 몰라서 못 쓴 편지
　　　　　칠십대에 쓰려하니
　　　　　누구한테 보내볼까

늦게라도 배운공부
즐겁고도 행복하네

행복하네

김금자 (73세, 안양시 만안구)

나 어릴 때 친구들과 공부하고 싶었다네
나이 먹고 공부하니 힘이 들고 어렵다네

이제라도 배운 공부 엄마에게 쓰려 하니
보낼 곳을 모른다네 하늘나라 가셨다네

연애하고 싶은 시절 글 몰라서 못 쓴 편지
칠십 대에 쓰려 하니 누구한테 보내볼까

늦게라도 배운 공부
즐겁고도 행복하네

이제는 웃음이 나온다

강광자

지나고 보니 참 힘든 일들이 많았다.
글자 몰라 기죽어서 어깨 움츠리고
어디 가서 주눅 들어 말 못하고 살아온 날들
병원가면 주소 적으라고 할까봐
간호사 의사 선생님이 두려웠고
차를 타고 은행을 가도 글자 앞에서는
모두가 다 가슴이 두근대고 불안 하던 지난 세월
칠십이 넘어서라도 글을 배우니 좋다.
학교 정문에 들어서면 나도 모르는 사이에
기분이 좋아지고 어깨가 펴진다.
내 마음이 햇살이 비치듯이 밝아진다.
나도 모르게 웃음이 나온다.

이제는 웃음이 나온다

강광자 (74세, 부산광역시 사상구)

지나고 보니 참 힘든 일들이 많았다.
글자 몰라 기죽어서 어깨 움츠리고
어디 가서 주눅 들어 말 못하고 살아온 날들
병원 가면 주소 적으라고 할까 봐
간호사 의사 선생님이 두려웠고
차를 타고 은행을 가도 글자 앞에서는
모두가 다 가슴이 두근대고 불안하던 지난 세월
칠십이 넘어서라도 글을 배우니 좋다.
학교 정문에 들어서면 나도 모르는 사이에
기분이 좋아지고 어깨가 펴진다.
내 마음이 햇살이 비치듯이 밝아진다.
나도 모르게 웃음이 나온다.

공부는 나의 꿈

권옥자

동생들 공부시키느라
나는 학교에 가자못했다
사람들이 모이는곳에
가는 것도 싫었다

화 장도많이 못했다
반반한 얼굴에
글도 모른다 할까봐
공부를 배우고 나니
마음이 한결 편해졌다

공부는 나의 꿈

권옥자 (75세, 서울특별시 영등포구)

동생들 공부시키느라
나는 학교에 가자 못했다
사람들이 모이는 곳에
가는 것도 싫었다

화장도 많이 못했다
반반한 얼굴에
글도 모른다 할까 봐
공부를 배우고 나니
마음이 한결 편해졌다

까막눈 뜨고

김보민

우리 아이들 어릴적
엄마가 글을 모른다고
놀림 받을까 쉬!

아이들 다 키워 내고
다 늙어서 글 배운다고
사람들이 비웃을까 쉬!

글 모르는 것을
부끄러워 하며 살아온 세월, 반평생

글을 배워 이제야
손녀들을 무릎 위에 앉히고
책을 읽어 줄수 있어서
행복한 날들

한자 한자 배운 글이
재미 있는요즘
행복한 날들

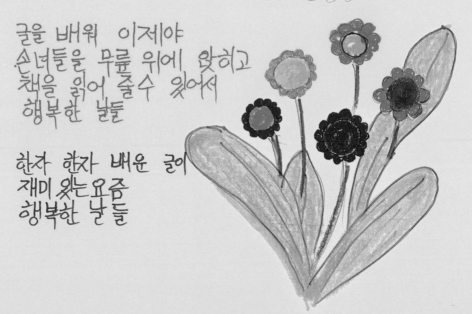

까막눈 뜨고

김보민 (63세, 부산광역시 사하구)

우리 아이들 어릴 적
엄마가 글을 모른다고 놀림 받을까 쉿!

아이들 다 키워내고
다 늙어서 글 배운다고 사람들이 비웃을까 쉿!

글 모르는 것을 부끄러워하며 살아온 세월, 반평생

글을 배워 이제야 손녀들을 무릎 위에 앉히고
책을 읽어줄 수 있어서 행복한 날들

한 자 한 자 배운 글이 재미있는 요즘
행복한 날들

공부

경정옥

편하게 살려고 시작한 공부
얘도 쉽지 않네

그래도
글자 하나 배우는 재미가 있네
텔레비전 광고도 읽을수 있어 좋다
숨어있던 자신감도 생기네

공부

경정옥 (63세, 서울특별시 영등포구)

편하게 살려고 식작한 공부

애도 쉽지 않네

그래도

글자 하나 배우는 재미가 있네

텔레비전 광고도 읽을 수 있어 좋다

숨어있던 자신감도 생기네

아들에게

문단오 (67세, 부산광역시 남구)

사랑하는 아들에게
한주 성주야!
엄마가 살아오면서
두 아들들 한테
사랑한다고 말을 못하였구나
앞으로는 자주 사랑한다고 해야겠다.
저번에 처음으로 사랑해 하니까

작은 아들이 와!

엄마가 우리 한테 사랑한다고 하시내요 했다

외내하면 엄마는 어렸을 때 외 할머니가 딸을

사랑해 하시는 말을 들어 본적이 없었다.

그래서 표현을 못 한 것 뿐이야

아무쪼록 건강하게 잘 지내자

2016년 7월 26일

엄마가

나의 일기

정태순 (64세, 서울특별시 노원구)

2015년 8월 10일

여보 당신을 만나서 사십 사년을 살았는데

그동안 무엇을 하느라 그리도 바빴는지 허리 한번

못 펴고 우리는 하루도 편할 날이 없어서 이제

와서 생각하니 이렇게 후회되네

당신을 너무 고생만 시켜 미안하고 보고 싶네요.

그 많은 사람들 중에 당신을 닮은 사람은 없네

눈물로 보낸지도 벌써 일 년이 지났어요 아들한테는

괜찮다고 걱정 말라고 겉으로는 말해요.

그래도 나는 당신이 보고 싶네요

2015년 9월 11일

나의 삶은 글을 몰라 답답해다.

이제와서야 내 눈을 조금씩 떠가는데 누구한테

자랑할 사람이 없다

남편이 이걸보면 참 좋아했을텐데 아주 아쉽다.

남편에게

박서운 (68세, 부산광역시 부산진구)

사랑하는 남편에게

산복더위에 얼마나 고생이 많습니까

땀을 흘리면서 일한 당신보면 걱정이 됩니다.

이제는 건강을 먼저 생각 하세요

여보 우리가 만난지도 벌써 48년이 되는군요

낯선 부산으로 와서 회사를 몇년 다니다가 그만두고

외국에 갈 때 집에 편지 하지말라고 이야기 햇는데

편지는 일주일에 한통씩 와서 답장을 못해준

내심정 하늘도 몰라 땅도 몰라 내속 까맣게

타버렸습니다.   그래도 나는 용기를 내서

받침도 제대로 모른 편지를 썼습니다.

받아보는 남편은 너무 기뻐서 품에 안고 한없이

울었다고 답장이 왔어요 나도 실컷 울었습니다.

여보 지난 과거는 잃어버리고 지금은 아들 딸

잘키워서 행복하니 앞으로 건강만 챙겨요

고생한 당신 건강하게 오래오래 내곁에

있어주세요

   나는 당신 곁에서 잘 할게요

   여보 부디 건강하세요

                마느라 올림